U0080770
現代魔法師
01

本作主角，一名普通的大學生，個性有點優柔寡斷，
但內心充滿正義感。因為一起踩破魔法師結界的意外，
認識漂亮美眉藤原綾後，被挖掘加入魔法界，
自此脫離平凡的宅男生活，邁向神奇刺激的魔法師修行之旅。

阿宅男主人公**陳佐維**

傲嬌正牌(?)女主角 藤原綾

本作的女主角，從小生長在魔法世家，是魔法界的小公主。
她~~個性霸道~~很有主見，很注重自己的形象與穿著，
對於魔法界的知識常識也很清楚了解。
因為想要自創結社而接受審核，
卻在考試時意外碰上了陳佐維，兩人的故事就此展開。

藤原美惠子

日本人，非常寵溺女兒藤原綾。
是個很有氣質的優雅女人，
試圖振作積弱已久的東方魔法界。

偉銘

陳佐維的大學麻吉，
是個會看臉色說話的
大少爺花花公子。

宅月

陳佐維的大學麻吉，
一個重度動漫遊戲迷的阿宅。

公孫靜

在【天地之間】裡專門負責看守
神劍「軒轅劍」封印的「侍劍」，
是個沉默寡言、冰清玉潔的女孩。
對於自己身負的家族責任，相當重視。

對不起，
我知道妳對我的感情，我也真的很愛妳。
可是只要這個世界上還有邪惡的一天，
我就不可以娶妳……
唉，妳也別太難過！
我先走了，再見！
陳佐維！你竟然敢不娶我，
你給我去死一死吧！

NO.START

聽說東別有妖怪

雖然說學校商圈會因為暑假的到來、因為學生的離開而顯得稍微冷清一些，甚至有些店家更是跟著學生一起放暑假休息一陣子，但是東海大學旁邊的東別商圈，並沒有這樣的情況。

這裡不管是吃的喝的穿的夾娃娃的應有盡有，就算整個商圈比起臺中其他幾個規模較龐大的——比如逢甲商圈、一中街商圈等等來說，規模算是小很多，但因為東海大學景色優美、人文氣息濃厚，光是一個教堂就可以在臺中市觀光指南中騙吃騙喝，因此到了暑假，這裡依然車水馬龍、送往迎來、人山人海、水洩不通。

有一對母女正手勾著手，在這裡閒逛著。她們對著各家招牌指指點點，不時低聲交談，就跟其他觀光客一樣。

但比較特別的，除了仔細一看會發現她們身上的服飾、配件，每一項都是所費不貲的名牌高級貨之外，就是她們所使用的語言是日語。

而且她們交談的內容，也非常的特別。

「早上考過筆試了，應該都沒問題吧？」

「媽媽以為我是什麼樣的人啊？這種程度的考試，當然難不了我啦！」

聽到女兒這樣自信的回答，母親帶著欣慰的笑容，摸摸女兒的頭說：「媽媽知道妳最棒了！呵呵……這次的筆試題目媽媽有幫妳先篩選過，針對『陰陽道』的考題出的比較多一些。」

「我就知道媽媽一定有搞鬼。」女兒有些不滿的說：「媽媽！人家可是很努力的！妳幹嘛這樣做啦！」

「媽媽知道妳很努力……只是，唉唷……」

看著媽媽有些不知道該怎樣解釋，女兒搖搖頭，笑了笑說：「好啦好啦～媽媽最疼人家了！我都知道～可是，我是很厲害的！晚上的測驗媽媽不要再幫忙了，好嗎？」

「嗯。」母親點點頭，說：「好啦～我的寶貝是最棒的！不過，妳應該已經知道今天晚上要測驗的內容了吧？」

「知道。」

女兒說著，眼神就瞟到東別商圈上方的學生宿舍區。

「最近那邊有些不平靜，有個妖怪躲在那裡使壞。今天晚上的測驗就是看我能不能把那妖怪拿下，對吧？」女兒回頭，看著母親說道。

「嗯。」母親點點頭，說：「這跟妳以前在安倍老師的保護下與妖怪對決的情況不一樣，不但要注意自己的安全，更要……」

不讓細心叮嚀的母親把話講完，女兒主動的把話接下去說：「注意不要波及到一般民眾。我知道，老師她提醒過很多次了。」

「知道就好！」母親語氣有些無奈的說著。

大概是看出母親的無奈，女兒才笑著說：「唉唷～媽媽妳怎麼了嘛？」

「唉……就有種女兒似乎長大了的感覺啊！」

「哪有！媽媽永遠都是媽媽！」女兒笑嘻嘻的說：「不然……媽媽要不要來幫我檢查檢查，有關今天晚上測驗前要使用的結界有沒有問題，好嗎？」

聽到終於有自己可以幫得上忙的地方，還是女兒主動要求的，母親笑著點點頭，連聲說好。

母女兩人往東別商圈上方的學生宿舍區走去。這裡比起下方的小吃集散地來說，冷清不少。

兩人在一棟又一棟的套房大樓、社區中閒晃著，一一的檢查女兒早上就前來此處設下的，但還沒正式啟動的結界道具。

從空中往下看，這些道具散落在宿舍區的五個不同的位置上，把它們各點連成線，會是一個巨大的五芒星，分別對應到金、水、木、火、土五種五行元素。只要等測驗的時刻一到，少女將魔力注入，這個結界就會發生作用，將會把一般民眾分隔在結界之外，讓她可以無後顧之憂的和測驗的目標做最後對決。

身為結界系魔法的大師級人物，母親一眼就看得出來，這個結界的做工精緻，啟動後威力強大。而且女兒不只有使用「陰陽道」魔法的道理，她還加上一點創意，融入本身【藤原結社】所擅長的「神道」魔法，讓這個結界的效果更趨於完美。

母親很滿意。

「過了今天晚上，妳就擁有結社社長的資格，可以自己成立魔法結社了。」母親轉頭對女兒說：「恭喜妳呀！妳的夢想就要實現了。」

就算母親不這麼預言，女兒自己也非常的肯定，今天晚上能通過測驗的機率就算不是百分之百，那肯定也是無限接近百分之一百的高機率。

但是，事情並沒有少女所想的那麼容易。因為這天晚上……

NO.001

命運，停住之夜

暑假開始了。

每個學生都喜歡暑假，我當然也不例外。就算這個暑假必須要留在學校暑修，好把沒修過的學分補上，以免在升上二年級的時候會因為擋修的關係無法選修課程而導致變相的留級，我還是喜歡暑假。

那至於為什麼要暑修呢？

這個秘密我猜世界上知道的人應該不少，也不多缺你一個認識。這答案就是——因為我、智、障！

在我們學校歡樂的三二一退學機制之下，加上我之前的高中是那種升學取向超嚴格的私立高中，因此我剛升上大一時，就像隻被放出籠子的小鳥一樣，立即把一個二一的機會用掉，扎扎實實的過了個糜爛且頹喪的大一生活。

所以，我現在只能跟我的好朋友約好一起暑修，以免發生要跟學弟妹一起上主修課的憾事。

我的名字叫做陳佐維，是一個在臺中東海大學的大學生，前面有提過，暑假結束後會

升上二年級。

暑修課程是在暑假的八月才開始。所以在七月分的時候，我們幾個需要暑修的好朋友，就聚在一起到處去遊山玩水，狠狠的玩他個樂不思蜀，度過非常充實的一個月。然而，歡樂的時光總是過得特別快，一下子就到了即將要暑修的八月分了。

這天，是要開始暑修前的最後一個週末的禮拜五。

由於下禮拜一就要開始暑修，因此我的好朋友偉銘就提議要不要去哪裡哪裡玩。不過，雖然只是暑修，可是暑修要是沒過，不但浪費時間也浪費錢，更有可能害我上報紙社會版面，原因是被我爸媽用亂刀劈死！

加上之前玩的也夠了，所以我拒絕了偉銘的邀約，打算利用這個週末自己一個人在家裡好好休息，並且稍微收點心回來。

「確定不去吼？」電話那頭，偉銘再三的催促著道：「走啦走啦～我請你耶！機會難得，妹多又正，不去可惜耶！」

「還是不要好了啦……」我笑著婉拒，說：「那種地方你自己去就好了，你有去我就很高興了，真的。」

「嘖……好啦，你就不要後悔嘿！下次要我請你就不可能哩！」

「下次再說啦！我去買宵夜了，你好好玩啊！」

「嗯，掰。」

「掰掰。」

電話掛上，我搖搖頭苦笑。

偉銘他今天找我出去找了一整天啦！據他表示，不管是我或者另外一個好朋友「宅月」，兩個人都超難約的！就連剛才他決定自掏腰包請我們去夜店見識見識，我跟宅月也無動於衷。

不過說實在話，我也不太想去夜店玩：第一，雖然我外號跟宅沒關係，但身為一個沒事就是上網打B玩《暗黑》的阿宅，去那種地方我也不知道要玩什麼。第二，假如真的如同偉銘所說的一樣妹多又正的話，那我肯定會害羞的啊！

所以，我寧願去買包鹹酥雞，再回家跟宅月一起上至高天挑戰迪亞布羅維護世界和

平，也不想去夜店。

因此，我也真的去買了鹽酥雞和飲料準備回家配遊戲來吃。

我把東西都採買完畢，拎著一大包鹹酥雞和一罐鋁罐裝可樂往小窩的方向慢慢前進，散步兼享受著月光以及若有似無的夏夜晚風。說實在的，室外還比我的小窩涼爽，大概是當初挑房子的時候忘記考量到通風的問題，只有注意到價錢果然是錯的啊！

「啪嘰。」

正當我邊散步邊喝可樂的時候，不知道踩到了什麼東西，就聽到啪嘰的聲音從我腳底傳來。我疑惑的把我的右腳抬起，腳底下並沒有任何東西。

其實仔細想想，剛才右腳踩下去的時候我也沒有任何踩到東西的感覺。但那啪嘰的聲音，在這個安靜的夜晚——真的，我猜大概是因為很多人在暑假的時候都回老家了，所以這裡晚上還真的安靜到有愧商圈這兩個字——是非常、非常明顯的。

可是又沒踩到東西……

「算了，八成是我自己聽錯了。」

我聳聳肩，自言自語解答了這個奇怪的情況，然後不放在心上的繼續往前走。但就在這個時候，另外一個巨大的聲音突然出現，震撼了整個寧靜的夏夜，也震撼到我。

那是一道劇烈的爆炸聲響，從天上傳來。我原本以為是樓上某個地方使用瓦斯不當而導致爆炸，結果不是。但如果照我所想的發生，那倒還好，起碼我還知道該怎麼辦，最少可以先打電話報警或者找消防隊。

可是……當你看到一隻莫名其妙的巨大白色「猴子」飛在半空中……或者該說是，像是被不知名的力量「擊墜」下來，而這東西肯定就是剛才那爆炸聲音的主因時，你該怎麼辦？打電話報警嗎？警察會處理這案件嗎？

「轟隆——！」

巨大的白色猴子轟然落地，揚起一地的灰塵，也引發了短暫的地面震動，嚇得我幾乎軟腳。

我緊張的雙手緊捏著鹹酥雞和可樂，全身顫抖的站在原地看著那躺在地上動也不動的猴子。怎麼好端端的沒事會從半空中摔下來一隻猴子呢？而且……牠起碼有三個人那麼高，這真的是猴子嗎？又為什麼會從天上掉下來……

想到這裡，我原本正要抬頭往上看看到底天上發生了什麼事情，沒想到那隻猴子竟然有了動靜。牠發出一聲怪吼怪叫後，用個鯉魚躍龍門的地蹦方式蹬地而起，對著天空用力的扯開喉嚨大叫，並且揮舞著牠的四條手臂——沒錯，真的是四條手臂——像是在向上方的某人叫囂一樣。

我還是動也不敢動，但很快的，我就知道我不動是不行的了。

因為那隻猴子突然轉頭看到我了！

牠停止對天空的叫囂，轉身對我發出憤怒的怒吼，四條手臂同時握拳，白色毛皮下的堅硬強壯大肌肉更顯粗壯，在銀色月光的映照下，甚至令人有種牠在發光的錯覺。

這是不是超級賽亞人四代啊？你是悟空還是達爾還是一星龍啊？哪個超級賽亞人有四條手臂的啊？

「吼啊啊啊啊啊啊——！」

猴子一邊發出恐怖的吼叫聲，一邊手舞足蹈的朝我衝過來。說實在的，當下我已經嚇到不知道該怎麼辦，腦子裡是一片空白啊！幸好從以前我的反應就比平常人快很多，身體趕在我腦子思考前就有了行動，搶先一步轉身往旁邊的巷子鑽了進去，閃過了猴子的第一波攻勢。

然而那猴子像是沒有打死我就不甘心似的，見我轉身鑽進巷子，牠也跟著轉向朝我追殺過來，這逼得我只好再往旁邊快速的跑動閃避。要知道，我小時候玩躲避球的時候總是可以活到最後一個人啊！這猴子雖然聲勢驚人，速度也不慢，但並不是我閃不過的程度，幾次左閃右躲下來，雖然我狼狽不堪，卻也沒有什麼身體上的損失。

我沒有往我家的方向跑，而是繼續在這些巷子裡面亂衝亂鑽，不時還回頭觀望猴子有沒有追殺過來。

跑了不知道多久，發現後面已經失去了猴子的蹤影，我才慢下腳步。

「呼……呼……幹！現在到底是怎樣啦？」

我一邊抹去臉上的汗水，一邊張開嘴巴喘大氣，一邊驚魂未定的看著身後的方向，想確認那猴子到底有沒有繼續追上來。

這是怎麼回事？臺中治安真的這麼差勁嗎？

莫名其妙的從天而降這麼一個超級賽亞人四代？最近也沒看到新聞要我們注意動物園有猴子逃脫啊！就算真的有猴子好了，猴子哪裡來的四條手臂？還有三個人這麼高？這哪算是正常的猴子，這根本就是……就是……

……呃，是海市蜃樓嗎？

不是啦！馬的，我對身處這種情況竟然還可以搞笑的自己感覺悲哀啊！雖然天生諧星命，可是用膝蓋想也知道，就算現在天氣再怎麼熱，也不可能熱出一個會追殺我的海市蜃樓啊！這鐵定是妖怪來的啊！

雖然我還是想不通那到底是什麼，但既然現在那隻猴子已經不見了，我想我還是趕緊離開這裡去報警。可就在我轉身準備要快速離開現場的時候，從我身後卻又傳來了爆炸的聲音。

這聲音就是當初猴子要掉下來前先出現的聲音，有了上次的經驗，這次我很警戒的立即回頭往聲音的方向看去。不過，這次飛出來的並不只是猴子，還多了一個人。仔細一看，那猴子正在攻擊一個剛才沒有出現的女生。

呃，一個女生？

這讓我大吃一驚啊！我原本以為猴子只是從天而降的針對我來攻擊，結果現在還牽扯到其他的無辜路人？路人就算了，竟然還是個女孩子！

這一瞬間，我體內那小小的正義感突然爆炸了。原本我只要自己逃跑得救就好，現在一看竟然有其他人被牽扯在裡面，要我自己先走當然很不好意思啊！

於是，我鼓起勇氣，將手上的可樂罐子對著那猴子扔了過去，同時扯開嗓子對他們大吼了一聲：「喂！」

這個舉動成功的引起他們一人一猴的注意。尤其是猴子，因為牠剛才本來就是在追我、要攻擊我，八成是因為我跑太快才會去傷害無辜的路人。至於那同樣遭受猴子攻擊的女孩則是瞪大雙眼，目瞪口呆的看著我。

「妳快跑，去外面找人來幫忙！」

我對著那女孩子喊完，就將手上的鹹酥雞對著猴子扔過去。那猴子隨手揮掉飛在半空

中的鹹酥雞後，就一邊大吼大叫，一邊朝著我衝撞過來。

當然，我也不是笨蛋，剛才心裡完全沒有準備就已經可以反應過來然後逃跑了，現在更是不可能被揮到啊！看準那猴子衝過來的方向，我立刻往旁邊閃掉。

這時候我一看那女孩子竟然還在原地，我便又喊一次要她快走，然後才一邊挑釁猴子，一邊東奔西跑的想要拖住那隻猴子，好讓那女孩子可以安全的離開這裡。

但我的如意算盤打錯了。

因為我跑著跑著，那女孩竟然從我面前的巷子竄了出來，擋在我的面前！

「不是這麼巧吧！逃難都選同一條路線啊？」

「＃％＆＊※＠？」

女孩子一開口說話竟然就是日文？原來是個日本人？這讓我愣了一下，也給女孩子有機會繼續日文日文的說下去。

大概是她也覺得怎麼臺灣會有這麼一隻詭異的猴子會攻擊人類很神奇吧？只是現在並沒有時間讓那女孩子抱怨臺灣的地靈人傑可以培育出這種猴子了！沒等那女孩子說完，我就一把牽起她的手，想要拖著她逃離猴子的追擊。結果那女孩子力氣大得驚人，我不但拖不動她，反而還被她用力的拉了回去，拉得我肩膀都差點脫臼。

「唉唷！」

肩膀上傳來的疼痛感，讓我疼得不由自主的唉了一聲。而我回頭一看，正好跟女孩四目交對。

她長得很可愛，眼睛很大很漂亮，髮長及肩，綁了個公主頭的造型。穿著黑色的細肩帶連身小洋裝，腳踩黑色的漆皮高跟鞋。

重點是，從她的表情看起來，她好像非常、非常非常的疑惑而且不爽。

「你這個人到底是怎麼進來的？」

「咦？呃，啊？」

女孩子開口說的第一句中文就是問我怎麼進來的，可這問題問的莫名其妙啊！我怎麼知道我進來哪裡？你們是在拍片嗎？現代拍片電腦科技這麼發達，後製特效竟然直接用3D投影的方式來和真人連接嗎？不管那些，你們拍片現場自己沒有拉封條清場，現在被我闖

進來了還要怪我嗎？

「快點說清楚！不然本小姐打死……」

姑且不管她到底現在是疑惑還是不爽，就在這個時候，那隻猴子突然從天而降，在那女孩的身後出現。女孩感覺到那猴子出現的時候已經晚了，猴子已經將手高舉，對著她狠狠的一爪抓下去……

「噗擦！」

「嗚哇啊——！」

痛死了！

說時遲那時快，在那猴子將手高舉的時候，我就有了動作。搶在猴子攻擊到女孩之前，先一步撲倒她，用我的身體去保護她。

我也不知道為什麼我會這麼做，身體在我反應過來前就自己先行動了，只能怪我反應太快……可是這真的痛到讓人想死！

「你……」女孩子的臉部表情變得很難看懂，非常複雜。她推開我，轉身從胸口掏一張發出光芒的紙條出來，出手擋下了白猴的第二次攻擊，接著發勁將白猴震開。

震開白猴之後，她才低頭又氣又急的對我說：「你在幹什麼啊？會被你氣死啦！啊啊啊！」

我完全不懂她想表達的意思是什麼，只覺得在我拚命救了人，還得不到一聲謝謝的情況之下，讓我也很不爽。可是不爽歸不爽，身上的疼痛還是讓我完全不能思考太多。

「可惡……快給本小姐滾啦！」

說著，女孩不知道從哪裡再度掏出了另一張紙條，一樣搞得它光芒萬丈，畫圓後往我身上再度一推。但除了把我推倒在地上又多滾兩圈，傷勢被她惡搞得更嚴重外，什麼也沒發生。

「痛死啦啊啊啊——！」我現在變成趴在地上，瞪著這個根本不認識，我救她、她卻想殺我的女孩大吼大叫。

女孩看著自己手上的紙條，滿臉困惑，喃喃自語著什麼我聽不見。但是那隻猴子又殺了過來。我心想，我再怎麼肚爛這女孩，現在也只能靠她了，要是她被打倒那就真的完蛋了！於是，我趕緊對著女孩大叫，想提醒她。

可是我才剛開口，突然喉頭一甜，好像有一口濃痰一樣的感覺，讓我一喊就吐了一大口血出來。我趕緊低頭去看傷口，這才注意到，我被猴子在身上開了一個很大的洞，再加上剛才被那神經病亂推亂打，使得其中一個叫做腸子的內容物都跑了一點出來……

這是我昏過去之前，最後看到的畫面了。

NO.002

我是在一張柔軟的床上醒來的。

睜開眼睛後，首先映入眼簾的，是有請設計師設計過的造型天花板。環顧四周，發現這是一個很大、很乾淨的房間，比我現在住的套房還要大。到處都一塵不染，東西擺放的條理分明，還擺了一個梳妝檯。

這應該是個女生的房間吧？

不管怎樣，對於一醒來就身處陌生環境的情況，我還是很有警覺的，立刻就想要坐起來觀察四周。可我肚子一出力，就痛到眼淚都快噴出來，變成整個人縮在床上唉唉叫的醜陋姿態。

也因為這痛楚才讓我知道，我不是在做夢。

這時候，開門的聲音傳來。接著是急促的腳步聲，然後是一個女孩子衝過來把我的棉被掀開，一手撫著我的身體，另外一手撐著床，滿臉焦急的看著我問：「喂喂！你沒事吧？」

「很痛……嗚……」

「很痛？」

「很痛啊啊！痛到快死掉了啊啊啊啊啊！」

這瞬間我可是用盡吃奶的力氣吼出來的，因為真的實在太痛了。

這個突然跑出來關心我的女孩子，就是那個明知道我受傷還硬是對我亂推亂打，害我腸子跑出來的凶手啊！然而，因為我現在真的痛到眼淚直流，所以這樣大喊大叫又害得肚子更難過，只能扭曲的在床上蠕動著，口水都滴了出來。

那女孩子坐上了床，一手按住我的頭，把我壓在床上，另一手按在我肚子上，也就是傷口的位置上。她對我說：「有夠吵的你……忍著點好不好，你是男人耶！」

我會痛到忍不住，是因為我肚子被開了一個洞，跟我是不是男人沒關係啊！

話雖如此，聽到女孩這樣講我，我也只好努力的咬緊牙關忍著。很快的，她手撫摸著的地方，開始有股溫暖且舒服的熱流傳來，一下子我受傷部位的疼痛就有了好轉，甚至疼痛感完全被溫暖的感覺取代。

一旦不痛了之後，我就開始放鬆，然後把注意力放到那女孩的臉上。這是我第一次這麼仔細的看著她的臉。她長得很清秀漂亮，但奇怪的是，她看起來似乎很不爽。

「這一切都是你害的！去死吧！大混蛋！」

「磅！」

她邊說邊朝著我一拳打了過來，然後氣沖沖的下床走了。

我倒在床上目瞪口呆的看著那女孩氣急敗壞的離開房間，就連關門的時候也是用甩的，好像那門欠她幾百萬似的。

而就在她剛離開房間的時候，一股強烈的睡意朝我侵襲過來，讓我再度在床上進入彌留狀態，完全睡死過去……

⊕⊕⊕　　⊕⊕⊕

眼睛一閉上再睜開，我是躺在一張硬邦邦的木板床上。看著狹小的天花板，被衣櫃擋住一半的落地窗，還有雜亂的環境，我發現，這裡是我住的套房。而從落地窗灑進來的陽光判斷，現在是下午。

「嗯……」

我慢慢的坐了起來，然後就在床上發呆。呆了一陣子，才突然想到自己肚子上那個該死的傷口！

我趕緊把衣服掀開，卻看到我肚子完好如初，不要說是傷口了，就連疤都沒有留下。我再看看房間裡有沒有什麼蛛絲馬跡，口袋裡有沒有什麼線索，卻發現什麼也沒有。那天晚上發生的事情，就好像一場夢一樣。

唯一讓我可以清晰記住的，只剩下那女孩子清秀可愛的臉龐，還有那動不動就扁人的脾氣。

「魔斯拉~呀，魔斯拉啊！魔斯拉~呀，魔斯拉啊……」

就在這個時候，一串魔斯拉小人唱的《魔斯拉之歌》響起，那是我手機的鈴聲。我趕緊下床去把丟在電腦桌上的手機拿來，一看來電顯示是宅月，就接了起來。

「欸幹！你到底死哪去了啊？電話都不接，失蹤喔你？」電話一接通，宅月便大聲喊著，差點把我的耳膜震破。

「啊？怎啦？」

「啥怎啦？昨天晚上說要一起刷的，你說要去買宵夜，然後就不見了。打給你也沒接，是上哪去了啊？」

「昨天晚上？」我坐回床上，抓抓頭，說：「呃，是昨天晚上？」

「……你是怎樣？不然是明天晚上喔？」

「呃嗯……」我愣了一下，趕緊說：「沒事啦！好啦好啦，那個，要不要出來吃飯？我肚子好餓。」

「喔，好啊！你要吃啥？」

「都可以……吃鍋燒麵好了，就你家附近那間，我出門了！你到了等我一下。」

「嗯。我會等你。」

宅月的電話讓我感到深深的疑惑。

昨天晚上？意思就是說從事情發生到現在，還不到二十四小時？這是什麼情況？難道

我真的在做夢？可是不對啊！我明明就是去買了宵夜，能幫我作證的起碼就有一個宅月，事情也真的是在我買了宵夜後發生的，那到底又是怎麼回事？

我不知道，可是我總覺得不找個人說一說的話，我很不舒服。所以在跟宅月出來吃鍋燒麵的時候，就把這件事情說了出來。

對了，宅月他還另外找了偉銘過來，所以這件事情我是講給兩個人聽的。

「所以說，證據咧？」宅月一邊吃麵一邊問：「你說你看到奇怪的猴子跟奇怪的美少女，還被抓破肚子，證據咧？」

「唔……就是沒有我才覺得奇怪咩……」我很無奈的說著，吃了口麵後繼續說：「可是要是做夢，那也太真實了吧！」

「一定是做夢啦！」偉銘笑著說：「叫你跟我去玩就不去，老是跟宅月在那邊耍宅，網路遊戲玩多了連白日夢都會做咧！」

「《暗黑》才沒有像佐維說的那種東西！」宅月不甘示弱的反擊，「玩《暗黑》的孩子不會變壞的啦。」

「啊～反正誰叫佐維不跟我去。」偉銘搖搖頭，對我說：「昨天晚上比基尼之夜，超爽，超high的好不好！你沒去太可惜咧！一堆正妹只穿比基尼在你面前跳舞……幹，想到就還是覺得很爽。」

「你應該約宅月去，你沒看他現在一臉羨慕的樣子嗎？」我指了指宅月，因為他現在真的口水都快滴下來了。

「去，我只對二次元有興趣！初音最棒了！真人什麼的最討厭了。」

「對啊！」我點點頭，贊同的說：「我也不適合去那種地方，躲在家裡看看動畫上網就夠啦！」

這下換偉銘嘆口氣，很無奈的說：「唉……為什麼我會跟你們兩個死阿宅變成好朋友啊……好啦好啦，不然晚上要不要打球？今天禮拜六，明天禮拜天再過完就開始上課咧！今天打通宵啦，明天睡一整天要不要？」

「打通宵咧！我怕你打到兩點就葛屁了。」宅月狠狠的吐槽。

「你就不要給我打到十二點就又假借說要回去出團，然後落跑啊！」偉銘強力的反

擊，「馬的，不然我就帶佐維去你家出草，讓你明天可以準時出山啊！」

吃過飯，大家約好晚上八點在籃球場不見不散後，便各自回自己家去休息。我一個人回到租屋處，打開房間門後，就看到一個女孩子閉著眼睛，雙手交叉在胸前，坐在床上用耳機聽音樂。

「靠腰，開錯門！」

我趕緊把門關上，幸好那女的一直在聽音樂，沒有注意到有人打開了她的房間……

靠！不對啊！我是用鑰匙開門的啊！

我先確認一下房間號碼，確定不是那種意外發現我的鑰匙可以打開正妹房間門的好康事情發生後，再打開門走了進去，想要把小偷抓住。結果我一踏進門，那女孩子倒是先說話了。

「你去哪了啊？也太慢才回來了。」

「我靠！這種話為啥是妳問，還問得這麼自然啊！妳這小偷！」

「哼！偷你個大頭鬼。」女孩子冷冷的瞪著我，說：「要不是本小姐，你昨天晚上早就死了！不感激我還敢說我是小偷？你膽子可真不小啊！」

「咦？」

這一瞬間我才發現，這傢伙就是昨天晚上的那個女孩啊！

「知道錯了就好，趕快跪下來跟本小姐道個歉，我就當作不在乎你剛才那樣對我大呼小叫了。」

「靠！妳會不會太扯啊！」

因為這小姐的態度實在太囂張，讓我真的不爽到了極致，我就大聲的對她喊：「馬的！仔細想想要不是因為妳在我受傷了之後還亂打亂推，害我在地上滾來滾去，我的傷也不會這麼嚴重吧？再說咧，要不是因為要救妳，我會受傷嗎？是妳要先過來跟我道謝才對吧！」

「你再說一次試試看。」

「呃嗯……對不起。」

她的眼神真的好恐怖啊！是殺人犯的眼神啊！剛才那一瞬間我真的懷疑她會把我殺死啊！所以我下意識的就道歉了。

我深呼吸一口氣，走到床前說：「不是啦……那個，妳到底是怎麼進來的？還有妳怎麼知道我住在這裡？妳又來找我幹嘛？該不會只是要我跟妳道謝或者道歉吧？」

「昨天是我們派人把你送回來的，我當然會知道你住這裡。至於怎麼進來的，這是商業機密。最後，我來找你當然不是要你跟我道謝，誰稀罕那東西？」

她這麼說又讓我不爽了，臉色一沉，問：「那不然大小姐小姐，請問您到寒舍來是要做什麼呢？」

「跟我走，我媽想要見你。」女孩說著就站了起來，從我身邊走過去，站在門口回頭對我說：「快點跟上。」

「靠！妳說走就走，那我算什麼啊？」

這女孩目中無人的囂張態度真的讓我忍無可忍，現在還要我跟她走？門都沒有啊！

「真的不走？」

「去死吧妳！」

女孩聳聳肩，點點頭說：「你最好記住你剛才所說的話，因為同樣的話我才想對你說。另外，我再給你一個機會，我會在樓下等你五分鐘，到時候你要是不下來，就自己看著辦。」

說完，女孩就轉身離開。

我趕緊上前把門關上，再把門鎖統統鎖好，才坐到電腦前面生氣。而就在我打算在臉書上跟宅月還有偉銘說我碰到昨天晚上那件事情的「證據」時，有人來敲門了。

我不打算理門外的人，因為這棟套房大樓並沒有我認識的人住在這裡，房東如果要找我也只會打我手機，加上還有剛才那白爛女孩的緣故，現在會來敲門找我的絕對就是那白爛女孩。

可是我越不理會她，她敲門的聲音就越來越急促，也越來越大力。最後我就聽到碰的一聲，我的門竟然整扇被打倒了！

「靠！」

我不敢相信的看著那扇倒下來的門板。雖然說這套房的門不見得有多好，可是那扇門也不是說打倒就能打得倒啊！

只見外面站著一個超級強壯的黑衣人，全套黑色西裝、黑皮鞋、黑襪子還戴墨鏡的黑衣人，就跟電影《駭客任務》的電腦人一樣的造型。他右拳還立在空中，表示那扇門是他打倒的無誤。

接著，從他身旁左右兩邊各走過來兩個跟他差不多壯的黑衣人，直接走到我身邊。

我整個人縮在椅子上，畏畏縮縮的看著他們，心臟怦咚怦咚的直跳著，滿頭大汗。

其中一個黑衣人很有禮貌的彎腰，一手背在身後，另外一手向門口指著，五指併攏，掌心向上，感覺很像是要請我出門的樣子……

所以，我就這麼被人「請」出房間了。

人家連門都可以直接打倒，要是我再造次，搞不好他們會直接把我打倒再拖下樓啊！

到了樓下，那個女孩對我露出一個充滿勝利意味的笑臉，說道：「剛才不是挺有脾氣的嗎？」

我也點頭微笑，說：「剛才是我不對，大小姐親自請我出來我還不肯動，都是我太不給您面子了，真的。」

妳有膽子就不要靠別人，我們自己出來「定孤支」啊！

當然，我只有在心裡面這樣吶喊啦……畢竟那幾個黑衣人還在。

總之，女孩聽了我說的話後，笑得更滿意更囂張了，點點頭就要那幾個黑衣人去開車，然後自己走到我身邊。但她沒有要向我攀談的意思，就只是安靜的站在我旁邊等待黑衣人把車開來。

雖然我對她的態度很不爽，不過，抱著井水不犯河水的心態，她沒有再開口虧我，我也沒必要自己找罪受，所以我沒打算跟她說話。

黑衣人把車子開了過來，是很誇張的加長型大黑車。這一看就知道，要不是租來的就是她家有錢到爆炸。然而，身處臺中這個優質的環境加上這女孩剛才所說的一些言論，我嚴重懷疑這女孩有黑道背景。

這讓我沒來由的害怕了起來，很怕這輛車到時候會直接變成用來載我屍體的靈車啊！說是這樣說，不過當黑衣人開車門請我們上車的時候，我還是乖乖上車了。畢竟人家用請的，總好過真的用架的把我架上車。

⊕⊕⊕　　⊕⊕⊕

車子一路開到臺中市區，七期重劃區裡面的一個高級社區的停車場。這裡是有錢人才住得起的高級地段，把這裡的房子說成是臺中的帝寶也不是什麼過分的比喻。

我們下車後，女孩領著我往旁邊的電梯走了進去，搭乘電梯直通四樓。這電梯還要用保全卡才可以發動，不是什麼人都可以搭乘的。

到了四樓，跟我們一般公寓式大樓的構造還有概念也不一樣，迎接我的並不是一條走廊或者隔間，而是一個玄關。

玄關擺著一個高腳花瓶當作裝飾，地板是大理石，還有一盞感覺不會熄掉的水晶吊燈，光是這玄關就讓人覺得非常富麗堂皇。門口有一個一樣穿著黑色套裝的黑衣人，不過卻是個看起來年紀跟我差不多大小的女孩子。

她一看到我們，就很恭敬的對那女孩說：「小姐，您回來了。」說完，便替我們把門打開。

從這一切的行為包含這句「小姐」來判斷，這女孩不但有黑道背景，還鐵定是黑道大哥的女兒！

我跟著女孩走進那間房，這房子真的有夠大！可是跟玄關給人的感覺並不一樣。玄關給人的感覺很像是五星級飯店，雖然漂亮，但不像是個家；這屋裡的裝潢雖然也很高貴，但從很多小角落可以感覺到這是有人在住的家，而不是冰冷的旅館。

這樣講感覺很玄，反正就想像你家客廳，雖然打掃得很乾淨，可你不會把它當作飯店check in的地方就對了。

一走進去就看到客廳，有一組很漂亮、所以感覺很高級的ㄇ字型沙發，中間擺著一張

玻璃桌，正對面有一臺超過五十吋的索尼液晶電視和全套家庭劇院組，地上還鋪著鬆軟的地毯。再往旁邊一看，是他們家的餐廳，跟客廳只用一組屏風擋著，而餐桌上還有沒吃完的午餐。餐廳後面是半開放式的廚房，看不到裡面有什麼，反正有個很搶眼的大冰箱放在那邊。

客廳和餐廳中間有條小走廊，裡面還有房間的樣子。

女孩指著沙發對我說：「你在這邊坐一下，等一下吧。」

「……嗯。」我點點頭，不敢多說什麼的就跑去坐了。

女孩走進走廊，沒一下子就聽到開門又關門的聲音，心想可能是去找她媽媽，因為如果沒記錯，是她媽媽要見我。可是為啥是她媽媽要見我？我不懂耶……我又不認識她，別說她媽媽了，就連那女孩我也才見過第二次，為啥人家媽媽要見我？

我歪著頭，努力的思考可能的答案。

難道是因為昨天晚上的事情，所以女孩在我英雄救美的情況之下對我一見鍾情？不對啊！那她幹嘛一副每次看到我都恨不得幹掉我的樣子？如果說這叫做打是情罵是愛，那我寧願不要啊！

而且，人家假設真的對我一見鍾情，找她媽幹嘛啊？

我還在這裡胡亂猜測，很快走廊就有聲音了，然後是兩個腳步聲。我再看過去，就看到剛才那個女孩走了出來，後面還跟著一個穿著簡便服飾、畫了淡妝的中年婦女。

「尼就是陳昨偉先生吧？」

跟在女孩身後的中年婦女一看到我，就很客氣的用詭異的口音向我打招呼說：「尼好，初次見面。我叫藤原美惠子，請多多子教。」

我還在想「陳昨偉」是怎麼回事，這婦女的口音未免也太詭異了的時候，聽到她的名字就恍然大悟，原來她不是臺灣人，難怪國語怪怪的。

「仄次請你百忙吱宗抽空淺來，租多私禮，請多多包涵。」

其實口音也不是說很怪，就是之姿不分而已。不過為了方便大家閱讀，之後她的發言我都會即時翻譯給大家看。

自稱藤原美惠子的女人在ㄇ字型沙發的另外一端坐了下來，而那女孩也黏著她過去那邊坐下。

大家都坐好之後，藤原美惠子就開口說話了：「這件事情有點難以啟齒，不過首先還是要替小女昨天晚上的失禮行為向你道歉，非常對不起。」

難怪人家說日本人就是禮數多、有禮貌啊！專程把人家請到家裡就只為了要替自己的女兒道歉……

等一下！妳說那是妳女兒？我靠！妳女兒剛才是什麼態度啊這位太太？

不過禮多人不怪，美惠子阿姨這一鞠躬一道歉，我心中縱使有千言萬語想要抱怨的，此刻也說不出來，只能笑著說：「不、不用在意啦！其實我也以為是做了一場夢，真的，我沒有放在心上。」

美惠子阿姨對我笑了一下，然後對她身邊的「女兒」說：「阿雅醬，妳在做什麼？還不快點向人家道歉？媽媽不是這樣教妳的。」

那被叫做阿雅醬的女孩聽到美惠子阿姨這樣說，就說：「吼！媽媽妳幹嘛啦！就說了是他先自己隨便闖進來我的結界裡面才會受傷的！幹嘛跟他道歉啦！」

「阿雅醬！」

美惠子阿姨還是保持著笑臉，還有和藹的態度以及溫柔的語調，可是阿雅醬的臉卻像吃了大便一樣臉色大變，才心不甘情不願的瞪了我一眼，別過頭去，很沒誠意的說：「真抱歉。」

妳這是什麼態度啊？道歉的時候要露出胸部是常識啊！妳的胸部咧？

我當然是沒這樣講啦……不過看著一直這麼囂張的女孩真的向我道歉，心裡多少還是爽了一下子。

美惠子阿姨看阿雅醬已經道了歉，就繼續說下去：「我們在收伏妖魔的時候，一向都會張開結界以免誤傷無辜的路人。根據規定，如果因為施展魔法導致無辜民眾受傷，都要接受處罰，並且對受傷的民眾負起一切責任。阿雅醬雖然是我的女兒，可是我……」

「等一下！」阿雅醬打斷了美惠子阿姨的話，說：「他才不是無辜民眾咧！我都說了是他硬闖進我的結界才會受傷的！」

「阿雅醬！妳怎麼可以說謊呢？」美惠子阿姨看起來很不滿意阿雅醬的表現，母女倆

之間的氣氛感覺越來越緊張。

就在這個時候，有個很不怕死的人決定幫她們母女化解這其中的尷尬。

那個人也就是我……

我畏畏縮縮的舉起了手，小小聲的問：「那個……請問一下……妳們到底在說什麼啊？」

美惠子阿姨和阿雅醬同時停下了爭執，轉頭看著我。我也不客氣的看著她們，三個人一起在這裡玩大眼瞪小眼的遊戲。這麼一仔細看，就會發現美惠子阿姨和阿雅醬兩人實在是很像，真不愧是母女。

而我跟她們兩人對看了大概兩秒，就認輸的把臉低下去，說：「當、當我沒問，妳們繼續……」

「再裝就不像了啦！」阿雅醬站了起來，走到我面前，雙手交叉在胸前，說：「你是不是日月神教派來的？還是龍虎門的？昨天晚上闖進我的結界裡面想要妨礙我的審核考試，到底是何居心？」

現在的黑道都已經流行用金庸小說裡面的幫派名稱當作堂口名字嗎？

我趕緊搖搖頭說：「不是，大姐，妳原諒我，我真的不知道妳在說什麼……」

「你……你還裝蒜！」阿雅醬整個人暴走，雙手揪著我的衣領把我硬是拉了起來，說：「明明就是你闖進我的結界害我考試失敗！現在還在裝無辜！你知不知道我差一點點就及格可以成為結社社長，開始正式成立新結社了？就是因為你這個王八蛋！你……」

「阿雅醬！」

美惠子阿姨的聲音傳來，打斷了阿雅醬的話。從這話的語氣可以看得出來她真的生氣了。她很有威嚴的說：「媽媽不記得把妳教成這麼沒有禮貌的樣子，快把客人放下！然後去房間，去！」

阿雅醬心不甘情不願的把我放下，看了看美惠子阿姨，又看了看我，用力的朝著我踹了一腳才氣沖沖的跑掉。我雖然被踹了一腳，卻清楚的看到阿雅醬她眼眶中含著淚水，感覺超級委屈。

可是我才委屈吧！我根本不知道妳說的是啥咪意思，就被妳踹一腳，我都沒哭了妳哭

屁啊！

直到聽到走廊那邊傳來甩門的聲音後，美惠子阿姨才一臉歉疚的向我說：「真對不起，我們阿雅醬一直就是這種脾氣，你不要見怪。」

「呃嗯……還、還好啦！」

「唉……我繼續把話說完吧。」美惠子阿姨搖搖頭，說：「我們是魔法師。」

「屁啦……呃嗯，嗯，我是說，沒事。」

其實我是很想直接這樣大喊啦，可是把昨天晚上的事情串聯到現在她所說的話，竟然這麼合邏輯的時候，我就開始相信她了。

美惠子阿姨說，在這個世界上，存在很多我們以為不存在的事情。比如神靈，比如鬼怪，比如魔法。

之所以普羅大眾不知道有這些事情，是因為他們魔法界刻意封閉消息所致。為了避免很多不必要的麻煩——例如西方的魔女狩獵、東方的文字獄、白色恐怖等等，魔法界成立了一個組織，專門管理這個世界的運作，還有封閉、控制各種情報的流出。

這個組織的名字，就叫做【組織】。

要知道，我們這世界上的文化、信仰、宗教、魔法系統實在很多，魔法師的公會、結社就更多了！因此【組織】的管理者，也就是會長，並不只有一個，而是分別由管理【組織】內部事務的「J」、管理西方魔法世界的「大主教」，以及管理東方魔法世界的「聖巫女」三個人一起掌管整個組織。

當然，他們手下還是有很多人在分工合作，就好像一個政府不是只有總統在做事情一樣，但基本上他們都還是最後的決策者。

而這藤原美惠子，就是管理東方魔法世界的「聖巫女」。

我昨天碰上的事件，其實並不是偶發事件，而是她的女兒「藤原綾」在進行魔法結社社長考核。只要通過這一關，她就可以成為一個魔法結社的社長，可以出來執業賺錢。可是因為她的結界魔法沒有施放完全，波及我這個無辜路人，還害我身受險些致命的重傷，因此她考試失敗，還必須依照規定對我負起完全的責任。

附帶一提，阿雅醬是「小綾」的日語拼音唸法。

「小綾她雖然是我的寶貝女兒，可是一旦犯了錯，身為會長的我更是絕對不可以循私護短。因此，在佐維先生你身體傷勢完全康復之前，我會請小綾完全負責到底的。」美惠子阿姨最後很不捨的說：「她從小就什麼家事都不會，請你多包涵了。」

「等、等一下啦！」看著面前這好像要忍痛將女兒推進火坑的媽媽，我趕緊說：「拜託，我現在的傷勢不是已經全好了嗎？」

「那只是障眼法而已，如果不信，能請你將衣服掀起來嗎？」

我半信半疑的把衣服掀起來。

美惠子阿姨走到我身邊坐下，很溫柔的看著我說：「這個，不是很好看，希望你要有心理準備。」

「我想我還是不要看好了……」

美惠子阿姨笑了笑，然後從玻璃桌下面的抽屜裡拿了一個罐子出來，把裡面白色的粉末倒了一點在自己手上，再把它往我肚子上塗抹。結果那粉末就好像是妙管家或者威猛先生一樣，把我肚子的皮膚完全抹掉，然後露出一個完全外露的傷口。我可以看的到我肚子裡面的臟器，而它們之所以沒有掉出來，是因為還有一層薄膜撐著。

「嗚噁……」看到這一幕我差點就吐了！雖然並不會痛，可是心理上的震撼遠超過生理上的痛苦。我不敢再看下去，就對美惠子阿姨大喊：「拜託，幫我弄好，拜託！我信了就是了！我相信就是了！」

美惠子阿姨又笑了笑，然後又倒了點白色粉末在手上，用同樣的動作往我的肚子上塗抹。由於兩次程序和動作都一樣，所以我真的很怕她會抹掉我肚子上的薄膜，然後把我腸子拉出來對我笑著說誰叫我要欺負她女兒？結果她越塗抹，我肚子的傷口就越小，最後又完全恢復正常了。

我不敢相信的看著我的肚子，坐在沙發上大口大口的喘著氣，額頭上豆大的汗珠可以證實我到底有多震驚。

「對不起……只是如果可以的話，希望你不要太為難小綾。小綾她真的什麼都不會。」

「……那能不能麻煩妳換個什麼都會的來好不好……」

美惠子阿姨搖搖頭笑了笑，笑得有點愁苦，說：「唉，這就是規定，為的就是要讓我們魔法師能時時警惕自己不要犯錯……至於小綾那邊，我會再好好規勸她的。」

我知道這強迫中獎的推銷女兒我沒辦法推脫了，只能點點頭，把衣服慢慢的放下。看美惠子阿姨一直沒說話，我才又說：「那個……那我可以先回去了嗎？」

「喔，你請慢走。跟門口的小薰說你要回去哪裡，她會幫你安排車子的。」

「嗯……謝謝妳，那……掰掰囉？」

「嗯，莎唷哪啦！」

說完，我站起身，撫著肚子往大門走，可才走沒兩步，就聽到開門的聲音，還有一陣急促的跑步聲。回頭一看，就看到藤原綾她殺氣騰騰的衝了過來。

「哼！既然媽媽說什麼都不信，我就只好證明給媽媽看了！」

「我靠！不要殺我啊！」

我趕緊做出防禦的動作，加上反射神經觸發的閃避，巧妙的閃過藤原綾的撲……呃，她沒有撲過來？

藤原綾她站在我面前大約兩步的位置，雙手都拿著白色的長方形紙條，平舉在半空中對著我沒有放下，滿臉憤怒的瞪著我。

我再看看沙發上的美惠子阿姨，美惠子阿姨此刻的表情也有點詭異。我怕這對神經病母女會突然回心轉意，把我在現場直接格殺，一邊殺還一邊大喊「規則老子訂的老子可以改啊！」之類的話，我就趕快轉頭打開大門，跟那個小薰說東別快車一臺，夾著尾巴的逃回東別去了。

NO.003

教練，我想學魔法

我很懷疑我現在能不能打球，或者我也有點後悔沒讓美惠子阿姨把我肚子上的障眼法消去，好證明我說的都是真的。不過既然我沒辦法自己破解這障眼法，我也只好在晚上八點的時候準時出現在球場，然後祈禱等等打球不會打一打腸子自己噴出來。

要不然我也沒辦法解釋為啥我不能打球，三番兩次爽掉好朋友的約，這算哪門子好朋友呢？

自從發現我肚子上其實是障眼法之後，我整個下午都緊張兮兮，老覺得腸子會滑出來。不過在我來打球投籃的時候，我發現其實沒有我想像中的恐怖。雖然我還是不敢做太激烈的動作，但是嚴格說起來，我打的還算可圈可點。

在我們中場休息的時候，我就把下午發生的事情說了出來。想當然，宅月跟偉銘他們一定不信，還不忘記虧我幾句，什麼我網路遊戲玩太多了做白日夢，或者沒交過女朋友在幻想之類的話。

這讓我有點不爽，可是也沒辦法，因為事情真的太扯，加上一點證據也沒有，所以我也只好把不爽全往肚子裡吞下去，配合他們搞笑演出，化解我自己的尷尬。

倒是好朋友也不是叫假的，他們倆發現我不爽了的時候，也趕緊把話題止住。偉銘更是搭著我的肩膀，說：「好啦，別說好兄弟不挺你！今天再給你一次機會，請你去夜店見識一下活生生的美眉！」

「講得好像平常在路上走的女生都是殭屍一樣咧……」

「哈哈哈，我說真的啦！」偉銘搭著我的肩膀，另外一隻手還把宅月也勾了過來，說：「真的，入場費我出，還各請一杯飲料，要不要？很夠意思吧！去不去？」

我看了看興致勃勃的偉銘，又看看宅月。

宅月也看看我，說：「唔……有點想去，又覺得不太好意思耶……」

宅月講的就是我的心聲啊！我是真的有點想去見識看看，尤其是什麼比基尼之夜之類的活動，我想去啊！可是又覺得很不好意思，總覺得那地方不適合我。

「所以你們兩個一起去啊！兩個都會尷尬，一起去壯膽就不會尷尬了嘛！」偉銘笑嘻嘻的說：「真的啦！這次去完，換我去玩《暗黑》找你們一起練，怎麼樣？」

我看了看偉銘，又看看宅月，點點頭說：「好，我去！馬的，這幾天發生的事情實在有夠鳥，去見識見識也好啊！」

「佐維都去了，我也去好了……欸幹，你說要請客的喔！」

「當然！」偉銘點點頭，但是補充說：「不過，只有入場費跟第一杯飲料，後面你自己付，不要到時候走不出來被人扛去埋掉啊！」

「哈哈哈……」

我們一邊笑，一邊聽偉銘講他以前去夜店玩的事情，最後三個人有說有笑的勾肩搭背、兩人三腳的要離開這球場，可我卻在這時候停下腳步。

「幹嘛？」偉銘笑到一半看我突然停下來，就回頭問我，「別現在跟我說你不去喔！不去就不是朋友。」

我指了指前面，然後看看偉銘和宅月。他們倆一看我表情詭異，也順著我手指著的方向看過去，就看到穿著黑色平口小禮服，腳踏黑色高跟露趾涼鞋，梳著公主頭的藤原綾站在那裡。

「哇靠……正妹耶！」偉銘不禁讚嘆，轉頭對我說：「唷，你不錯喔！還沒去到夜店

就知道先報好兄弟看正妹，等等不請你真的說不過去。」

我搖搖頭，說：「不是……她就是我說的那個……女魔法師。」

聽到我這麼說，偉銘跟宅月兩個人又轉頭過去看藤原綾。而藤原綾也走了過來，她經過宅月，繞過偉銘，走到我身邊，站在我面前，抬頭看著我，表情非常的難看。

而我也看著她，表情非常的驚嚇。

藤原綾皺著眉頭，用質問的語氣問我：「這麼晚了你還不回家，想去哪裡？」

「去、去哪也跟妳無關吧！」我說。而且不知道為啥，我對她的感覺還是怕怕的。

偉銘和宅月這時候趕緊跑過來我身邊，不知道是要來看熱鬧還是要來看人家漂亮的。而在他們跑過來的那一瞬間，藤原綾馬上變臉，笑臉迎人的向那兩位說：「請問有什麼事情嗎？」

「什麼什麼事情？我們跟我們的好朋友要去夜店，妳想幹嘛？」偉銘回答，而他的口氣有點在幫我出氣的樣子，不知道是因為看到我那驚嚇的表情，還是因為聽到剛才藤原綾對我說話的語氣在不爽就是了。

「夜店？」藤原綾的眼睛突然瞪大，接著轉頭就給我一巴掌。

這一巴掌迅雷不及掩耳，我根本來不及閃掉啊！可當我正要回頭去扁她的時候，卻發現藤原綾眼淚掉了下來，就這麼站在三個男人中間哭了起來。

「嗚……我們才剛開始交往，你就要去夜店那種地方亂來了嗎……」

這句話她一說出來，我們三個男人的表情都是目瞪口呆。

偉銘反應比較快，趕緊安慰藤原綾說：「不是啦，嫂子，我們沒有要去夜店啦！剛剛是說要去……呃，吃、吃『夜點』，是夜點啦！這是大陸話，就是吃消夜的意思啦！妳別誤會。」

宅月這時候縮到我身邊，用一種我背叛好朋友的眼神看著我說：「欸靠，你不是說她是神經病魔法師？怎麼又變成你馬子了？講清楚喔！」

事情變成這個樣子，我才是最想知道發生什麼事情的人啊！就趕緊先躲到旁邊中山堂的穿堂底下，叫偉銘把藤原綾拉過來，先安撫她讓她別哭了再說。藤原綾倒是很快就不哭了，卻把我的手拉過去，勾著我的手向偉銘還有宅月說明現在的情況。

或者該說是，瞎掰現在的情況。

藤原綾說我跟她是在昨天晚上認識的。是因為她差點出車禍，我為了去救她被車子撞到才會認識的。因為如此，我受了一點小傷，她也對我一見鍾情，就開始交往。

至於魔法師什麼的，似乎是因為我撞到頭，自己幻想出來的情節，她也很擔心我。

本來想說我們出來打球這麼久也該回家了，這麼晚還不回去讓她很緊張才會出來找我，一聽說我們要去夜店，她覺得非常不安，剛剛才會哭了出來。

這一番說辭我聽得是目瞪口呆啊！我根本不知道我做過這些事情啊！

至於宅月和偉銘，則是一起露出了混雜著羨慕忌妒恨的表情，一邊幫著藤原綾罵我明明就有女朋友還要去夜店簡直不是人，一邊安慰她說他們會幫她看著我不讓我亂來，還一邊說我把她講得太誇張。

反正就是因為人家是大正妹，我們的友情有種因此破裂的感覺這樣。

於是夜店也去不成了，偉銘和宅月自己去吃了宵夜，我跟藤原綾則是手勾著手，站在中山堂外面目送他們。

直到他們兩個人消失之後，藤原綾才瞬間把手放開，站到一邊去，表情厭惡的對我說：「噁心死了！你全身濕答答的，別靠近我。」

「我噁心……靠！誰打完球不是這樣滿身大汗啊！再說了妳怎不說妳剛才那個語氣跟表情？那才噁心到爆炸好不好！」

「哼，還不知道是誰又想害我，竟然在那邊惡人先告狀？」藤原綾雙手交叉在胸口，斜眼看著我說：「我問你，媽媽有沒有跟你講過魔法界是不對外公開的事情？」

「有啊！」

「那你還敢對他們說我是魔法師！你就不怕事情洩漏出去？」

「靠！誰會信啊！」我無辜的大喊：「誰會相信有魔法師這種事情啊？要不是因為我肚子開了個洞，我也打死不信好不好！」

「哼，只要那兩個其中一人有天不小心把這個秘密洩漏出去，對你對我來說都不是好事。反正這種事情越少人知道越好。」藤原綾沒直接回答我的問題，只是接著說：「害我為了要掩飾我的身分，不得已只好委屈自己的清白……王八蛋！你真的是很討厭！」

「……隨便妳怎麼講。」我搖搖頭，轉身就往相思林的方向，也就是我們學校側門的方向走。

「喂，你要去哪？」

「回家啊！都沒戲唱了還在這邊吹風幹嘛？等等中風妳就要負責我一輩子！那豈不更衰小！」

「我都沒嫌棄你了你還敢嫌我？喂！別走那麼快啦！喂！」

我就這樣往我家的方向一直走，完全不理後面藤原綾的叫喊。當天如果有人在學校商圈裡看到一對男女，表情都很臭，男的一直走、女的一直叫，請不要把他們當成是情侶在吵架謝謝。

我一直走，走到差不多快到我家的時候，就看到有人正在搬家，把東西一件一件的從我家那棟學生套房大樓裡搬出來。

這麼晚了還有人要搬家？幹嘛不等明天睡飽起來再搬咧？

我一邊疑惑一邊往前走。就在這個時候，我看到我的電腦被人搬了出來。

我的電腦是自己組的，那個機殼還是特別挑過，非常獨特的造型，一看就知道是我的。再仔細一看，那個床墊不就是我每天躺著的？那條棉被不就是我每天蓋著的？馬的！這票人不是搬家，是在當小偷啊！

靠！看了半天，我還發現這票人根本就是藤原綾她家養的黑衣人啊！

「喂喂喂！你們在幹嘛啊！把我的電腦放下！」我衝過去大喊著阻止他們。然而他們根本就不理會我的大喊，依然自顧自的搬著那些東西。

藤原綾這時候才慢條斯理的走過來，對著他們說：「就把電腦給放、下、吧！」然後我的電腦就這麼活生生的從半空中摔到地上，發出淒慘的聲音。看到這一幕，我感覺心裡面有什麼東西也跟著電腦一起摔到地上了，站在那邊好半天都說不出話來。

藤原綾走到我身邊，歪著頭看著地上的電腦，說：「啊，我中文不太好，表達不夠清楚……呃，喂！你生氣了喔？」

我很憤怒的看著地上的電腦，然後轉頭看著身邊的藤原綾，雙手緊緊的握著拳頭。可是生氣又能怎麼樣？打她嗎？所以我搖搖頭，不發一語的走進套房大樓。

「喂！我跟你開玩笑的啦！你真的生氣了喔？」

藤原綾站在原地對著我大喊。

可我不理她，按下電梯的按鈕，在電梯抵達後，轉頭瞪了她一眼，就走進電梯上了樓，回到我那已經被搬空的房間，在木板床上躺了下來。看著空盪盪的房間，想起摔壞的電腦，氣得我一直搥木板床，瞪著天花板一句話都說不出來。

這真是一個，最爛的禮拜六晚上！

⊕⊕⊕　　⊕⊕⊕

我也忘記我後來是怎麼入睡的，只知道我起床的時候，身上多了一條被子。在這個什麼都被搬光了的房間，憑空出現一條被子是有點詭異，但不用想也知道一定是那傢伙幫我蓋的。可是只要一想到那傢伙昨天惡劣的表現，我就把棉被拉掉扔在地上。

結果棉被一丟，地上就傳來呻吟的聲音。我才注意到，在我身邊的地上，有個人把我的床墊拿去打地鋪睡在那邊。

這人不是別人，就是那個藤原綾！

「妳……妳怎麼還在啊！」

藤原綾還在睡，被我這一吵就醒了過來。她揉揉眼睛，睡眼惺忪的說：「嗯……你起床了啊……呼啊～」

「馬的！妳到底想要怎樣啦！昨天叫人來把我家搬光，還摔、摔掉我的電腦！幹！妳給我說清楚啊，起來說清楚啊！」

我實在是氣到不行，坐在床上，對著她大吼大叫。而她也不甘示弱，坐了起來，瞪著我說：「哼，我只不過是來履行我的約定，負起應盡的責任罷了。你這麼凶是怎樣？欠你了是不是？」

「靠！妳怎麼有臉說這種話啊？欠我咧！妳看看我家！整間！整間被妳搬光！只剩下地上那塊床墊和棉被，靠！妳哪裡沒欠我了？光是這些東西妳就還不完了啦！」

藤原綾搖搖頭，斜眼看著我說：「哼，你那些東西我一樣也沒扔！都把它們搬到我們新家去了。唯一該扔的反而是你這條爛被子和這塊破床墊！要不是因為昨天晚上擔心你，怕你做傻事才回來看看。結果只看到一個白痴，全身濕答答的躺在床上就睡覺，擔心你著涼我才叫人把棉被床墊送回來這裡的。」

說完，她一副「好心被雷劈」表情，別過頭去不說話。聽到我的東西被她搬到什麼新家去，知道她不是小偷後，我是有比較放心一點。可是她昨天那惡劣的行為還是讓我很不爽，就說：「那我的電腦咧？妳為啥要把它摔壞？說啊！」

這招真的是踩到她痛處了。她又把頭轉回來，眼睛瞪得好大，嘟著嘴半天不說話，過好久才說：「我賠給你就是了！不過就是一臺電腦而已，小氣什麼啊你！」

「馬的！妳以為把人家東西摔壞再花錢就可以了事的嗎？有錢不是什麼事情都可以辦到的啊！」

「煩耶！不然你到底想要怎樣啦？」

「我想要妳滾遠一點，越遠越好，永遠都不要出現在我面前了啦！」

「辦不到。」藤原綾兩手一攤，搖搖頭說：「規定就是規定，在你的傷好了之前，我不可以走。而且……哼……」

她說著說著，頭就低了下去，看起來似乎有點難過與不甘心。我不知道她是怎了，不過扣掉她惡劣表現，她真的是個大美女，現在這種低頭難過的表情，比起她惡劣的時候，感覺又漂亮一點。

反正男人就是賤，看到漂亮美眉就沒脾氣了。

「是你先破壞我的審核考試的。」

藤原綾突然說了這麼一句，低著頭說：「我等了好久的機會……練習了好久，努力了好久，五年、十年、十幾年……在那天晚上就被你毀了……我真的很生氣……昨天才會想說……報復一下……」

她說到難過的地方，還真的哭了起來。

這漂亮女生一哭我就真的手足無措，不知道要怎麼辦了。趕緊下了床，我坐到她身邊說：「好啦好啦，別哭別哭，都是我不好，我的錯，可以了吧？」

「嗯……你知道是你的錯就好，我肚子餓了，要吃早餐。」

一看她現在表情又跟沒事人一樣，我就知道這傢伙又跟昨天一樣在假哭了。真的不得不說，她變臉的速度是一流的，比川劇的變臉還有看頭啊！說哭就哭、說笑就笑，一點破綻都沒有呢！

她推開我，自己站了起來往廁所走去，還在廁所抱怨我怎麼什麼都沒有，沒有牙膏牙刷、沒有洗面乳什麼的，害她都不能盥洗。然後在我提醒她是因為都被她派人搬走之後，竟然擺臭臉給我看，說都是我不對。

我實在很無奈，不過氣已經消了，也很難短時間內再度高漲起來，就隨便她了。並且在心裡面埋怨，為啥魔法界規定這麼莫名其妙，還有那個美惠子阿姨為啥自己這麼有氣質，卻又這麼不會教女兒咧？

我帶著她到我家附近的早餐店吃了早餐，她才透露我們的新家是怎麼回事。

由於她得二十四小時在我身邊負責照顧我，所以在她多重考量之下，她決定找個比較大的空間居住，不然我家實在太小她住不下去。因此她就花了點零用錢，把這房子的問題解決之後，再派人到我家把東西搬去那裡。

至於如果有人想問她是怎麼進我家門的，這問題我想對於一個隨便可以把門打倒的人來說，只是一塊蛋糕的程度罷了。

所以，吃完早餐，她就要帶我去我們新家看看。但是我想她一定不知道我還有一臺機車代步，所以就先帶她到我們大樓地下停車場，準備騎機車前往目的地。

「我以為你有車，結果只是這個。」藤原綾一臉很失望的說著。

「妳可以不要上車。」

新家也在學校附近，距離我舊家其實不遠。它是一間小公寓，三房兩廳一衛浴這樣。本來好像也是租給學生，可以住三、四個人，不過被藤原綾看上了，就買下來了。

是的，各位觀眾，她買了！她買下來了啊啊啊啊！

「本來想說要重新裝潢，不然這地方實在又破又舊又髒，根本不能住人。」藤原綾邊帶我參觀，邊抱怨，「不過既然只有照顧到你傷好我就走了，搞不好裝潢好的時候你傷就好了，所以我就忍著點，委屈一點住在這裡了。」

「哇喔……那妳還真委屈啊……」

她白了我一眼，說：「你才知道咧！先去洗澡吧！你臭得要死！衣服我都叫人幫你掛在衣櫃裡了，自己去拿。」

「嗯……」我點點頭。大概是因為一起吃過飯還聊了一下，現在對她比較沒有那種又怕又討厭的感覺了，講話也大膽了起來。

「妳不陪我一起洗澡嗎？不是說二十四小時要黏在一起？」

「你信不信我會去廚房拿菜刀把你殺死？」藤原綾眼神冷的跟冰一樣，還真的開不起玩笑。

邊洗澡邊冷靜想想後，老實說，我也算因禍得福。

以前住在那小套房，空間有夠小的。現在雖然丟了臺電腦，可是房子整個變大四倍左右，還附贈一個臭臉以及什麼都不會的女傭。縱使這個女傭什麼都不會還擺臭臉，光是她的長相和身材——雖然沒有胸部，但是有很漂亮的美腿和臀部啊——就足以打趴我們系上百分之八十的女生了！這應該算是好事才對。

而且，雖然我不是真的很在意，不過看到浴室裡面有個浴缸可以躺，心裡多少還是比較欣慰的。

洗過澡之後，藤原綾也很遵守約定，帶著我去黃色鬼屋買電腦。雖然很多人都建議不要去黃色鬼屋買東西，背後有很多理由啦！不過既然我不是付錢的人，只是使用者，那在付錢的人都不介意的情況之下，我也不介意是不是會花比較貴一點的錢買到同樣等級的配備了。

於是在藤原綾她那可觀的財富支援之下，我的電腦比之前那臺更高檔，只差各種謎樣般的傳宗接代記錄片，它就完美了呢！

買完電腦，藤原綾叫人把電腦搬回去安裝，再叫人載我們兩個去吃午餐。

其實在買了電腦之後，我已經不太好意思讓藤原綾一直破費，畢竟這社會觀感就是跟女生出去是男生要付帳。可是在我們不小心踏進位在中港路上的王品牛排之後，這句「不然我出錢吧！」就一直卡在喉嚨裡面出不來。

原因不要問，很可怕的。

在吃飯的時候，藤原綾一直悶悶不樂的。其實從買電腦的時候就已經這樣了，一副若有所思的樣子，不知道在想什麼。雖然她一直沒提，我也沒問，可是吃飯的時候也這樣，那我就真的忍不住了。

「妳怎麼了？就這麼不想跟我在一起？如果是的話……那個，妳可以回去沒關係啦！」

「吃乾抹淨就想把我趕走了嗎？你果然很現實呢。」

我趕緊解釋說：「不是這個意思啦！真的，我不是這個意思……」

「我知道。」藤原綾笑了一下，「跟你開玩笑的。」

「那妳到底怎麼了？我是說，假設這段日子妳真的要一直照顧我，跟我一起生活，那我們也別把關係搞這麼僵，好好相處，妳說是吧？」

「嗯，你沒看我很努力在克制自己不要因為受不了然後走掉嗎？」

她講話真的有夠欠扁啊！講沒兩句就一定要挑釁別人到底是安怎？不過相處一段時間

下來，我也知道她就是這樣，便搖搖頭當作沒聽到，轉移話題說：「好啦好啦，妳如果不想跟我說妳到底在不開心什麼，我也不勉強就是了。趕快吃一吃趕快回家吧。」

「也不是說不想講……只是怕你不敢接受而已。」

我停下手邊切牛排的動作，看著她問：「不敢接受……什麼？」

藤原綾也停下了手邊動作，看了看左右確定沒有人在注意這裡後，才說：「其實我今天早上不是在裝哭……我是真的很難過。你不懂，因為你不是這個世界的人，你不知道練習魔法有多辛苦，也不會了解這次的考核對我來說有多重要，所以……被你搞砸之後，我真的很生氣，也很難過。」

藤原綾臭著臉，看著我說：「你知道嗎？要不是因為媽媽，我會被打上一個不適合用魔法的標誌，下次想再申請考核，就更難了。」

「呃……對不起啦，我真的不是故意的，我也不知道那天我為什麼會出現在那裡。」

「我知道你不知道。可是，你一定也不知道……」藤原綾一手拿著刀子，亂戳著面前的牛排，另外一手放在桌子上，撐著頭，看著我說：「你有一個特殊的能力，是你一直都

沒發現的。」

「我……特殊能力？」我有點驚訝，笑了出來，說：「呵呵……妳不是要說，其實我也會魔法吧？」

「不，你是個普通人。媽媽測試過好幾次了，所以才堅持一定要我履行規定的責任。這點我已經不怪她了，畢竟我自己也測試好幾次，你要不是普通人，就一定會是超級高手。可是，比我媽媽還厲害的超級高手基本上也不存在，所以你一定是個普通到不行的普通人。」

「我都不知道妳到底在誇獎我還是在損我了……那我的特殊能力到底是什麼？真的很特殊嗎？」

「很特殊，甚至整個魔法界還沒聽過有人跟你一樣。」藤原綾很認真的說：「這也是我會改變心意跑來找你的原因。我跟媽媽做了條件交換。當然也是要看你接不接受。」

「……妳就先說吧……只要不是把我抓去做人體實驗，我也許都可以接受。」

「別把話說得太滿。」藤原綾喝了口水，才說：「媽媽跟我說，只要能把你拉攏進我們的結社，訓練你讓你會用魔法，成為一個魔法師，成功了就讓我免試通過考核。當然，要是你不接受，我也沒關係。等到你傷好了之後，我一樣回家，九年後再考一次，一樣能通過。」

她頓了一下，苦笑著說：「不過到時候，我一定會先叫你避開我要考試的地方，因為你太可怕了。」

我也笑了出來，搖搖頭說：「我到底哪裡可怕了啊……」

「你先說，願不願意加入我們結社？」

藤原綾此時正襟危坐，把腰桿都挺直，很認真的看著我詢問，不是在開玩笑的。

「加入……不會對我有身體上的危害吧？」我問，畢竟我肚子上有個洞，禁不起再多開一個。

「不敢保證。」藤原綾聳聳肩，說：「就好比上次你來我考核的地方攪局一樣，意外我不敢保證。但是我們不會刻意去傷害你的身體……甚至可以說，媽媽現在對你很看重，生怕你有損傷。」

我點點頭，又問：「加入，就不可以回頭了，對吧？」

「對。就像昨天你在我家聽到的那樣，我們魔法師跟一般人的生活相差太遠。只要你踏進我們這個世界，就沒辦法回到正常世界了。」藤原綾很肯定的回答。

「不過，不是只有壞處。最簡單的例子，就是錢。在這個圈子裡，處理一件委託，最基本最便宜的收費是五萬塊。至於那些真正的大師，接一件委託可以得到的金額，隨便都是這個數字的五到十倍。絕對可以讓你衣食無慮，就算你以後老了，也可以靠著這筆錢過著舒服的退休生活。」

「真的假的啊……」我很疑惑的問著。

見我疑惑，藤原綾漾出漂亮的笑容，指著自己說：「嗯，不然你以為我為什麼可以花錢這麼不手軟？我想我就是一個最佳的例子了吧？」

我知道她們家很有錢，也的確是一個說服人的好例子，可我還是問：「可是，照妳這樣說，現在一堆有錢人不就都是魔法師了？看起來不像啊！」

「不然你以為魔法師都要長怎樣？跟電影裡的甘道夫一樣？還是哈利波特？你看看我

吧！我看起來就跟你認知的魔法師一樣嗎？」

的確，藤原綾看起來不像魔法師，甚至她不跟我講她是魔法師，我會以為她是普通的千金大小姐。而且她媽媽也不像魔法師，我一開始還以為人家是黑道，或者是普通的家庭主婦咧！

雖然這兩個好像很難聯想在一塊，不過當時我的確就是這樣想的。

像是看我還在猶豫，想要給我一劑強心針似的，藤原綾拍拍自己平坦的胸脯，自豪的說：「而且，我跟你說吧！媽媽說要拉你進我們家的結社，這可是千載難逢的機會。要知道，在我們這個世界裡，【藤原結社】可是日本第一、東亞最強的魔法結社。從我們這個結社出身的魔法師，每個都可以在業界裡呼風喚雨呢！」

「唔……總覺得讓一個連考核都沒通過的人來講這句話，很沒說服力啊……」

「你……就說了要不是因為你這個王八蛋！我考試會沒過嗎！哼！還不都是你！」

這句考核沒過絕對是藤原綾的地雷啊！我才不過開玩笑的酸了一句，她大小姐整個人爆發！完全不顧形象，在這種地方拍桌子指著我對我大吼大叫。

我趕緊把她的手抓住，安撫她說：「好啦好啦，不談這件事情，真的……都我不好，妳乖，別哭哭了，乖啦！」

「你……哼！」

她把手收了回去，喝了口水，閉著眼睛說：「反正我已經把媽媽要我跟你說的訊息帶到，要不要隨便你。」

接著她睜開眼睛，看著水杯，一臉哀怨的說：「可是……電腦壞掉再買就好……考核沒通過，還得再花上九年的光陰……我的青春就這麼蹉跎掉了……呢……」

「別再用這招了……我已經不怕了。」我給了藤原綾一個白眼，搖搖頭說：「唉！我得說，我只能先答應妳加入妳們的結社，跟妳們學幾招魔法。可是，我也不保證真的能學得會喔！」

「你一定要給我拚死的學，然後成為真正的魔法師！不然我會用背叛師門的名義發布魔法通緝，追殺你到天涯海角！」

「靠！妳這樣威脅人，誰敢答應妳啊！」

藤原綾對我露出一個很漂亮的笑容，說：「可是，你難道不想加入我們結社，踏入這個世界嗎？」

我愣了一下。

其實我有點想。

不是為了錢，雖然那也很誘人。可是我想學魔法……或者該說，每個小男孩都曾經想過，假如自己可以使用魔法，那該有多好？這個念頭，一直到我現在玩《暗黑破壞神》，選擇的職業是秘術師就可以窺見。

而且，現在這個機會的確是最佳時機。我雖然還不知道我的天分到哪裡，我的特殊能力有多特殊，可是我眼前這個女孩，她是真材實料、貨真價實的魔法師！她在跟那隻超級賽亞猴子對決的時候，我可是在現場看得一清二楚。若她所言不假，那我有可能一踏入這個世界，就有機會加入這世界最厲害的人所創的公會。

這就好像你剛畢業，不對，你還沒畢業，你就得到一份美國微軟總公司的工作是一樣的意思。哪怕是還得從頭學起，把它當作正式上班前的職前訓練，不也是一樣的意思嗎？

我看著藤原綾的笑容，很堅定的點了點頭。

「我……我真的想學魔法看看。」

「呵，我就知道你一定會同意。」藤原綾笑著點點頭，說：「不知道為什麼，就是覺得你會同意。可能是因為我太可愛了！」

「……其實跟那一點關係也沒有。」

「你再說一次？」

聽到不愛聽的話就會馬上變臉，真不愧是藤原綾啊！我趕緊轉移話題，說：「可是，妳不要以為現在暑假我時間很多喔！我明天開始早上要上暑修課，我怕沒有很多時間可以接受魔法的訓練。」

藤原綾搖搖頭，笑了笑說：「那也不是問題啊！不然你以為我在放暑假前也不用上課的嗎？」

「啊？」

藤原綾指了指自己，說：「我在暑假結束後，就要去你們學校讀大一囉！請多多指教呢～學、長！」

「咦咦咦？真的假的啊！」

「怎麼？看起來不像嗎？」藤原綾笑著反問。

不過，在她的笑臉底下，我感覺到一股殺氣，好像只要我敢說個不像，就會當場被牛排刀捅死一樣。

⊕⊕⊕　⊕⊕⊕

午餐吃完，藤原綾就馬不停蹄的帶著我回她家，說要讓我儘快正式的加入她們結社。於是我第二次的來到她家，再度坐在那組沙發上的同一個位置，等候藤原綾把美惠子阿姨找來。

很快的美惠子阿姨又現身了，她一看到我，有點吃驚，不過既然我是她看中的、一定要簽下的超級新人，她的驚訝反而是針對她的女兒去的。

「真不知道小綾是用什麼辦法說服你的，總覺得你也許很排斥我們呢。」

「當然是用愛心跟耐心啦！」

藤原綾此刻表現的謙恭有禮，笑臉迎人，對她媽媽公然的說謊。因為我根本感覺不到她對我有愛心和耐心，只是一直在畫大餅、端牛肉以及打悲情牌來騙我的選票罷了。

美惠子阿姨再三跟我確認了我的心意，之後便點點頭表示她知道了。可是就在她說出她的想法之後，我和藤原綾都吃驚的張大嘴巴，不敢相信的看著她。

因為她不是要我加入她們的【藤原結社】，而是要我和藤原綾兩個人自己組織一個全新的魔法結社！

「加油喔！媽媽很看好你們。」美惠子阿姨在震驚到說不出話來的我們兩人肩膀上都拍了拍，笑著表示：「你們一定可以讓我們【東方魔法界】，再度成為魔法世界的核心！加油喔！」

這個……怎麼跟一開始想像的內容……不太一樣啊？

NO.004

中國文化魔法史

事情變成現在這樣，跟藤原綾想的並不一樣。

原本她以為只有負責到我傷好了就可以結束這段同居關係，結果現在她老母，也就是美惠子阿姨的意思，是要我們兩個人出來外面靠自己的雙手打拚，跟她想的不一樣。

那就當然，跟我想的也不一樣了。

我原本以為，我是被她老母賞識，指定要在選秀的時候選進來的第一順位、超級新人。從此可以在大公司的庇蔭之下，仕途一帆風順，身價也水漲船高。結果卻變成要跟一個自己考核也沒通過的半吊子出來一起打拚，這安排我真的是想爆頭也想不透為什麼要這樣搞！

就很像是一個人還沒畢業就拿到美國蘋果公司的工作機會，還是執行長庫克親自指定要他入公司的超級新人。結果到公司面試的時候，才發現工作機會是庫克派個他手下有點實力但還不成才的員工，指定你跟她要一起出來自己開間小公司。你得到的只有「庫克推薦」這種可有可無的推薦函。

當然你會想說，靠！「庫克推薦」已經很了不起了，在IT科技業中根本就是比臺科大

的學生證還了不起的證明，還在不滿什麼啊你？可是問題是，今天他推薦的人，是個根本沒在這產業做過事情，只因為他「慧眼獨具」，認為這傢伙一定會在這業界達到喊水會結凍的成就，就給他推薦、給他按個讚啊！

拿我比較熟悉的 NBA 來比喻，就好像麥可喬登當年在巫師隊選秀的時候，在第一順位挑走誇米布朗，結果這個半吊子的球員根本養不起來，連照理自己生活都有問題，心態也不成熟，最後結果完全失敗，是異曲同工之妙啊！

這個例子還有一個問題是我即將要面對的，就是誇米布朗他之所以失敗，除了他是當年選秀狀元，最重要的就是他是喬登親自選擇，慧眼獨具的結果。所以，整個籃球界、媒體都拿高標準在檢驗他，也因為如此，這個年輕人在受不了種種壓力的情況之下，打的並不理想。

說回到我身上，我就很像是這樣。

東方魔法世界最高統帥，慧眼獨具，大力推薦的超級新人，跟她寶貝女兒出來組成的魔法結社，這在業界絕對會被用高標準在檢驗啊！我看人家第一件任務可能就只是掃地或者打打史萊姆，我第一個任務大概不是屠龍都不算合格啊！

這根本惡搞我嘛！

美惠子阿姨，妳根本很討厭我這個毀掉妳女兒一生的人吧？

只是話又說回來，假設她真的要惡搞我，是因為要替她那個被我毀掉一生——其實應該說是搞砸一次考試——的女兒出口氣，那她幹嘛還把女兒推下火坑，要她跟我出來組一個魔法結社？這不等於是親自毀滅女兒的一生嗎？

我想不通。

⊕⊕⊕　　⊕⊕⊕

「要成為一個【組織】認可的結社呢，首先要能夠通過【組織】的結社審核。」

從藤原家回來之後，藤原綾就把我拉到客廳去，跟我講解應該怎麼成立一個結社。

其實說穿了，也很簡單。前提就是你們需要有兩個或者更多的魔法師，而且其中之一還需要通過社長審核——這也就是之前藤原綾被我搞砸的那個考試——大家一起組團向【組織】提出申請。接著，【組織】方面就會幫你們安排結社審核。等通過了結社審核，你們就可以掛營業執照，用魔法結社的名義在魔法世界裡混口飯吃。

而再根據藤原綾的說法，審核還有分筆試和魔法測試兩個部分。

「呃……魔法測試我還算認同啦……可是筆試要考什麼？」我抓抓頭，疑惑的猜測道：「該不會要考咒語文法填空或者閱讀測驗吧？」

藤原綾白了我一眼，說：「當然不是那種東西啦！筆試要考的是你對這個魔法世界的認知！」

「……你對這個魔法世界的認知？」

藤原綾點點頭，說：「要擔任一個魔法師很簡單，只要你能夠使用魔法，經過【組織】的測試後，你就是個魔法師。可是，要成立一個【組織】認可的魔法結社，那就不簡單了。」

「身為一個結社的社長、副社長，跟其他結社的合作、交易都是很常發生的情況，所以必須要對這個世界裡的魔法有些基礎的認知與理解。就算是一般人的社會，你也不希望跟自己公司做生意的合作夥伴對自己的生意一無所知吧?中文不也有句話叫做『知己知彼，百戰百勝』嘛?就是這個意思。」

聽完藤原綾的長篇大論，我點了點頭，思考一下後，說：「……那會不會很難啊?」

「不會。」藤原綾搖搖頭，斬釘截鐵的表示：「會考的都是基本中的基本，畢竟真正的業界機密也不會隨便公開給別人知道的。我猜啦!大概就會是考你一些……呃，像是說『請問公認為日本第一的結社是哪間結社?』之類的題目吧!」

看著藤原綾表現的這麼有自信，我跟著點點頭，說：「太好了!那到時候妳一定要加油啊!」

「什麼我一定要加油，你也要考好不好!」

「什麼?」

我完全沒有預料到我也要去參加什麼鬼筆試啊!她一開始說要考筆試的時候，不就是說社長或副社長才需要有那種知識嗎?我充其量不過就是個打雜的鄉民，頂多就是站超出

黃線一點點，沒必要連我都去考筆試吧？

像是看穿我心中的吐槽似的，藤原綾又白了我一眼，說：「拜託，今天如果有好幾個魔法師一起提出結社申請，那你以為我會想要任命你這個連魔法的魔都還不知道怎麼寫的人當副社長嗎？現在情況就是只有你跟我要組成一個新結社，那你不是副社長，難道會是本小姐當副社長嗎？」

被個日本人嗆聲說我可能不會寫魔法的魔，這心裡面實在令人五味雜陳。

「……其實我還算是會寫點國字……」我很無力的回嘴。

「誰管你會不會寫字啊？總之，到時候筆試要是你敢扯我後腿害我們考試失敗，你信不信我一刀砍死你？」

「好啦好啦我信我信……只是……欸都，就是啊！那個……假如說你們真的這麼想要讓一個魔法門外漢能在短時間內通過魔法考試的筆試……那麼，呃……總該有個參考書籍之類的可以看吧？」

「這種東西哪還需要什麼參考書啊？這不就是常識而已嗎！」

「我靠！妳的常識不等於我的常識啊！妳又認識微積分了嗎？」

「竟然敢這樣跟本小姐說話，你活得不耐煩了是不是？」

藤原綾冷冷的嗆聲，她那冰冷的眼神就跟殺人魔王一樣，嚇得我差點就下跪了。但我還是要說出我的要求：「也、也不是啦……我是說，妳如果不想要我扯妳後腿，妳也得想辦法幫幫我啊！」

藤原綾點點頭，再度露出那種充滿自信的微笑，說：「你在說廢話嗎？當初不就說了要訓練你，讓你成為魔法師？而且，比起筆試那種騙小孩子的測驗，你更應該要擔心魔法測驗！」

「呃……」

提到魔法測驗，這又是另一個讓我，或者該說，我真正該擔心的點了。假如說筆試真的如藤原綾所說的，非常之簡單的話，那只要藤原綾搞來一套重點分析或者超強考古題之類的，然後考試前我再去佛祖跟前抱抱大腿惡補一下，考它個六十分及格可能不難。

但魔法測驗……就我個人淺薄的魔法界知識來推斷，八成就是真的要看我的魔法到底有多凶猛。在不知道啥時要考試的情況之下，我也不知道我啥時可以學會個一招半式，上場給人好看啊！

「碰！」

「唉唷！」

我還在思考著，藤原綾突然沒來由的往我頭上貓了一拳。讓我只能撫著腦袋，驚恐的看著這傢伙說：「幹嘛扁我啊？」

藤原綾又白了我一眼，我總覺得她的眼睛搞不好只有眼白的部分。她說：「別想太多啦！明天我就去跟媽媽提出結社申請，她就會安排審核的時間以及考試的內容了。等到時候再說啦！」

「等、等一下！」

聽到關鍵字的我趕緊打斷了藤原綾的話，說：「明天？是明天的那個明天嗎？我沒聽錯吼？」

「對啦對啦，明天！」

藤原綾再度給我白眼，我都快忘記她眼珠子是啥顏色的了，她有點不爽的說：「本小姐本來就差點要通過社長審核，可以自己出來組工作室接任務賺錢了。現在雖然多了一個拖油瓶，不過我可沒那個日本時間去虛耗啦！要不是媽媽以為你這傢伙的傷勢還很嚴重，堅持要我來這裡照顧你，我今天晚上就要提出申請了啦！」

「她不是以為我傷勢很嚴重，是我傷勢根本就很嚴重啊啊啊！」

「隨便你啦！不會死就沒關係啦！本小姐要去睡覺了。你最好趁晚上順便想出一個結社的名字，明天登記的時候要用的。」

「可是社長是妳又不是……好好好，我會想想的……」

我話才說到一半，這沒有眼珠的女人就用力的瞪了我一眼，而避免會因為錯誤又過度的發言造成生命的提早流逝，我選擇向惡勢力低頭。

我真的覺得衛生署應該快要有類似「愛惜生命，遠離藤原綾」這樣的標語出現了。

隔天，因為早上就有課，所以我起了個大早。

藤原綾的房間門還是關著的，不知道她起床了沒有，不過我也沒去確認，就直接出門去上學了。只是才剛走出大門，我就看到兩個黑衣人站在樓梯間，好像在等我一樣。

由於我對這些黑衣人多少還有些陰影在，所以下意識的做出防禦的姿勢，把裝著微積分原文課本的書包抓起來擋在胸口，警戒的走向他們。

一直到我走過他們身邊，他們都沒有出手攻擊我，看來是真的把我當作自己人了。可是在我放心的要往前走的時候，我才注意到，他們兩個也跟著我往前走。

我走他們就走，我停他們就停，這讓我不禁停下腳步，回頭看著他們，然後壯著膽子問：「呃……請問，你們真的要一直跟著我嗎？」

他們沒有回話，用點頭代替回答。

我抓抓頭，看來這是我加入魔法界後附贈的大禮物了，可是這樣隨身帶兩個保鑣出門，對我來說其實有點困擾啊！於是我又問說：「那，你們可不可以躲起來，不要這麼大搖大擺的跟著我啊？」

兩個黑衣人想了一下，又再度點點頭，可依然站在那邊沒有動作。我心想這兩個傢伙大概也躲不起來，就放棄說服的往前走。

走沒兩步，我就想說乾脆吩咐他們別保護我了，結果回頭一看，那兩個人已經消失不見了。

「我靠……會不會太玄？說不見就不見……啊幹啊啊啊啊！」

我頭才剛轉回來，那兩傢伙竟然又出現在我面前，嚇了我一大跳啊！其中一個黑衣人向我走近一步，遞給我一張上面寫著「請問有什麼吩咐嗎？」的紙條。

我驚魂未定的把紙條看完，才搖搖頭說：「沒事……真的會被你們嚇死耶……先說好！如果要躲，除非我真的碰上危險，不然不准出來啊！否則就乾脆不要跟著我，知道嗎？」

他們一樣是用點頭代替回答，就沒有動作了。

我搖搖頭，也不知道他們是真懂還是假會，只知道我第一次暑修就快遲到了，不可以

再耗下去，於是便繞過他們倆，直奔學校去上課了。

早上的課程，老師花了一點時間講完上課的規矩後，便三個小時沒有中斷的快速上課。這一天上午就在我不斷抬頭聽講、低頭抄筆記的情況下結束了。到了中午，老師把作業勾選出來後，說了聲下課，大家就各自作鳥獸散了。

偉銘和宅月兩個人當然是湊到我身邊，詢問我有關藤原綾的事情。

不過我其實跟她也不熟，知道的事情很多也是禁止事項，是不可以說的。加上我亂掰的功夫也不比藤原綾好，很多問題只能支支吾吾的半天回答不出來。最後模糊的拼湊出，藤原綾是個很有錢的千金大小姐，以及她出錢讓我搬到比較大的地方去，還有我們兩個現在住在一起的事情。

「幹！同居啊！」偉銘搶先給了我一拳，揪著我的衣領說：「為什麼？為什麼去買個消夜都會撿到被車撞到的千金大小姐？這種好康我怎麼不會碰到啊！」

「唔……嚴格說起來，被撞的人是我。」

這個謊是之前藤原綾扯的，我可沒有忘記，要不然前後謊言搭不起來，那就有可能被拆穿的。

「馬的，等等你就陪我去中港路上立正站好！看我會不會也被有錢的正妹撞到啊！」

「白痴喔！」我笑著回給偉銘一拳，說：「被車撞死，你大概只會得到很多冥紙。」

偉銘笑著也給我一拳，然後說：「要不要一起去吃飯？還是你要回去陪嫂子吃？」

我搖搖頭，說：「就一起吃吧！反正又不是去夜店，她應該不會怎樣才是。」

「對啊！下次去你家看看。」宅月也搭腔，笑著說：「日本人耶……你看動畫都不用找字幕組了，自己養一個可以即時口譯的人耶！」

「……這用途我還真沒想過……」

一起吃過午餐，本來他們兩人想說擇期不如撞日，順勢去我家參觀了。可是被我用我家現在還很亂，以後有機會一定會主動邀請兩人到我家作客的理由婉拒掉，大家才各自解散，我自己一個人回家。

我一回到家，就看到藤原綾坐在客廳看電視，面前的桌子上還擺著一本厚厚的舊書。她一聽到我開門，轉頭看了我一眼，就又繼續看她的電視了。

「妳剛回來嗎？」我問，一邊往我房間走去。

「嗯，剛從我家回來。」

我把書包隨手往床上一扔，又走出房間往廚房走，從冰箱裡面拿出一罐可樂，再走到客廳坐到藤原綾旁邊，邊喝邊可樂邊說：「妳家？喔……對吼，妳有說過要回去提出申請，那結果怎麼樣咧？」

我問題剛問完，藤原綾馬上轉頭用一種在看殺父仇人的眼神看著我。這讓我沒來由的又抖了一下，可我根本不知道我問錯什麼啊！

「哼！幸好媽媽不是很在意結社名字的事情，還是給我安排了結社審核。要不是因為媽媽她是會長，你以為連個名字都沒有的結社可以進行結社審核嗎？」

「欸不是，我以為妳也會一起想，而且早上我一大早就起床去上課，也不敢去吵妳睡覺，想好了也不知道要怎麼跟妳說啊！」

「那你想好沒有？」

「當然沒有啊噗啊！」

我話都還沒說完，藤原綾的鐵拳馬上就對我的頭部進行了制裁。我都快不知道這傢伙還記不記得她之所以會出現在這裡，是因為她要照顧我這個病患耶！

「嗚……麻煩妳對受傷的病人好一點會死嗎……」

「在你把你那嘴賤和腦殘的毛病治好前，辦不到。」

藤原綾白了我一眼，然後把桌子上那本舊書推到我面前，轉移話題說：「時間不多了，我們別浪費時間。有關筆試的問題，我回家有順便找一下你所謂的參考書籍。算你好運，還真的有！這本書我有先看過了，應該比較適合你當作入門書，你趕快拿去看。」

「這本？」

我把那本書拿到面前，發現它實在厚的不像話。不過雖然很老舊，但卻保養得很好。

「是啊！這本用字淺白，內容基本，從簡介到原理無一不包，配合書裡的介紹和步驟一步一步慢慢學習，你就可以把魔法世界的基礎認識看懂了。」

「妳這番話怎麼好像我剛才上課的時候，老師在推薦微積分課本時所說的那一套啊……」

藤原綾點點頭，說：「不知道你在說什麼，反正我們時間不多。你必須要在今天晚上把這本書唸完，我會抽考你裡面的問題。」

「等一下，妳說的是今天？」我瞪大眼睛，不可置信的看著藤原綾說：「靠！這麼大一本，妳要我一天之內看完？有沒有搞錯啊！」

「也是，一天之內要看完並且學會是有點勉強。不過我相信你一定可以辦到的。你可是被媽媽親自掛保證的優秀新人，這種事情對你來說一定很輕鬆啦！」

藤原綾在說這番話的時候，還對我露出一個燦爛的笑容，讓我一下子有點看得痴迷起來。可是我馬上回過神，搖搖頭說：「不是啦！就算妳媽掛過保證，我自己到底多厲害我最清楚了，不可能啦！」

「你給我聽好了。」藤原綾收起笑容，認真的對我說：「這個世界上最基本、最簡單的魔法是什麼，你知道嗎？」

「……呃，不知道。」

「信心。」藤原綾微笑著向我解釋：「人在有信心和沒信心的情況之下，做事情的順利程度有差。當你對自己充滿信心的同時，你就在無形之中向自己下了一個催眠術，自然做什麼事情都如有神助了。所以我們常說，有自信的人看起來比較美麗或者帥氣，就是這個意思。」

「可是這不是有信心就可以解決的問題吧……」

「我不管啦！」

藤原綾看好好說對我沒有用，突然臉色又變得凶狠起來，威脅我說：「我跟你說清楚啦！這個禮拜六，我們就要接受結社審核的測驗。根據我的推算，你就是只有一天的時間可以把這本書看完啦！反正到時候你扯我後腿，我一定讓你吃不完兜著走！你就看我會不會拚著犯魔法界的戒律，也要把你幹掉啊！」

說完，她就站起來往她房間走去，我還聽到她甩門的聲音。看來按照她這種甩門的力道，很快我們就有新的門板樣式可以選來換了。

而且……禮拜六要接受測驗？靠！會不會太快啊？難道就因為我是超級新人，我們結社就可以在連名字都沒有的情況之下，在一個禮拜內完成第一件任務嗎？美惠子阿姨妳就直接說妳超討厭我算了啊！

我看了看桌子上那本書，又看看藤原綾那緊閉的房門，再想到剛才藤原綾所說的話，我就搖搖頭，嘆了口氣，把書抱著帶回房間，打算來好好的學習。

最後不得不提一件事情……這書真的有夠重的……

根據藤原綾的信心說法，我試著在閱讀這本書之前，努力的催眠自己說我可以，我很行，我有信心，我是超級新人我超強的！當我覺得我好像建立起一點信心之後，我就翻開了書本的第一頁……

「藤原綾！開門啊！我看不懂上面寫的字啦！喂！」

這本書完全是用我看不懂的特殊符號寫成的啊！這到底是什麼鬼文字啊！這根本是象形文字吧？這已經不是信心就可以解決的問題了啊啊啊啊！

事情就在藤原綾臭著臉走出房間，給我另外一本用中文寫的書之後才算解決。結果我本來以為她給我的是另外一本魔法經典中文譯本，沒想到她給我的卻是一本宋朝理學大師朱熹所寫的《四書集注》！

「這本不會看不懂了吧？」

「馬的，妳在搞我啊！現在是要考魔法筆試還是考大學指考啊？妳丟給我這本有個屁用啊！」

藤原綾搖搖頭，抓著我的衣領把我拖到我房間，一把將我甩到床上去坐好，然後自己把椅子拉到我面前，坐下來蹺著腳，拿著那本《四書集注》，冷冷的看著我說：「你給我聽好，你們中國人發展四千多年來，最龐大，影響最深遠的宗教信仰，就是孔仲尼所創立的儒教。」

「儒家怎麼會是宗教啊！」

「那孔廟是拜誰的？」

「呃這……」

「所有宗教該有的特徵，儒教都有。有創教先祖、有發揚光大者、有各種神職、有各種經典、有各種教義，還有廟宇，而且都是勸人向善的。在漢朝的時候被皇帝奉為國教，獨尊儒術，罷黜百家。換個說法就是把異教徒統統殺光，要大家只准信儒教不准信別的。有這麼多證據都告訴你了，你還不信儒教是宗教嗎？」

「可是……我們去孔廟的時候也不會拿香拜拜啊！」

「你進教堂、清真寺的時候會拿香拜拜就是了？」藤原綾反問，還補充：「再不然，祭孔大典又是什麼？八佾舞又是什麼？說啊！」

「這……」這一問又把我問倒，我再度改口說：「就、就算妳說的都對好了，這些四書五經都被人研究四、五千年了，怎麼全中國就不見每個人都是奇人異士啊？」

「照你這麼說，每個信基督教的也都該會神父驅魔的手法了囉？」藤原綾搖搖頭，解釋道：「你以為我們【組織】在禁止魔法界的情報流出控制上，手法這麼粗糙嗎？在古中國，皇帝一個不高興，是可以把你全家滅門的！在那種時候，皇帝說要推廣儒教，【組織】的人又阻止得了？所以，他們只能在有範圍的情況之下，將這些經典放出最不重要的那些部分。」

藤原綾頓了一下，把書放下來，踢了我一腳，說：「去拿飲料給我啦！我就大發慈悲跟你講清楚好了。」

其實我也聽出興趣來了，就趕快跑去拿飲料回來，恭恭敬敬的放在藤原綾身邊，坐回床上繼續聽她講古。

藤原綾喝了一大口可樂後，才繼續說下去。

「很久以前的某一任【組織】東方魔法界會長……也不對，那時候還沒有分東方或者西方，第一次分東西方已經是元朝時候的事情了。反正，就當他是【組織】的東方魔法界某一任會長吧！這傢伙叫做嬴政，也就是人稱的秦始皇。他在封鎖消息這方面做的就很粗糙，怕儒教太過壯大，他就把懂魔法的人全殺了，那些上古經典也統統燒了，歷史學家把這叫做焚書坑儒。」

「後來這傢伙當然被【組織】除名了！畢竟【組織】是要保護魔法界的人，而不是坑殺魔法界的人，所以後來【組織】的人就盡量不與古中國的政治扯上關係，雖然要一直不

扯上關係是不可能的，但還是盡量能避免就避免。」

「到了漢朝，當時的皇帝是儒教的傳人之一。因為古代魔法師相輕，就是互看不順眼的情況很嚴重，附帶一提現在也差不多。總之，就是因為那時候他看其他教派的魔法師不爽，所以他下令不准別人練習別的教派的魔法，只准練習儒教的魔法。然而這樣一來，就跟【組織】的宗旨有所出入，所以當時【組織】就派人跟皇帝做了接觸，把所謂的四書五經改成現在你所看到的樣子。」

藤原綾笑了笑，喝了口可樂，說：「變成方便皇帝管理人民的洗腦書。什麼男女授受不親啦、君君臣臣父父子子啦、上梁不正下梁歪啦，太多了，都是被我們【組織】的先人修改之後的結果，並不是原本這些經典想要告訴大家的內容。」

「所以你不覺得整部《論語》一點主題都沒有嗎？不過就是記錄當時一個老人家跟他底下幾個學生的日常生活對話，就可以傳為千古經典，很詭異不是？」

我點點頭，有點贊同的說：「嗯……妳說的好像有點對，我開始相信妳了……」

「不只是經典要改，就連民間故事也要修正。」

「民間故事？」我不禁笑了出來，抓抓頭，問：「什麼民間故事要修正啊？」

「孟母三遷你聽過吧？」藤原綾笑著說：「孟母她也是個魔法師，之所以要三遷，是因為自己製作魔法材料的時候會影響鄰居，被趕走了。這也影響到孟子的個性，他後來也是在製作魔法材料的時候被鄰居嫌吵鬧，才會說出『雖千萬人吾往矣』這種話來。」

「這句話是在這種時候說出來的嗎……」

「也不只是儒教，只不過儒教是你們中國人最大的魔法教派，現任掌門人還隱居在大陸東北，常常跟媽媽有所往來，我才會拿他的經典給你學習。要不然整個中國博大精深，可以學習的高級魔法裡，儒教其實根本排不上位，反而是道家的魔法理論更深刻、更有條理啊！」

「那妳幹嘛不拿道家的書給我看？」

「我討厭道家。」

這個理由這麼直接，直接到我都不好意思反駁了，只能點點頭說：「哦！原來如此……」

「既然都提到了，我就順便跟你說，媽媽她恨透道家，會跟儒教掌門有往來也是故意做給道家看的。你要是以後在媽媽面前，最好連道家的道字都不要提，知道嗎？」

「知道……」看著藤原綾如此對我耳提面命，我就有點好奇，反問：「不過，道家幹過啥好事，讓妳跟妳媽都這麼討厭他們啊？」

「那不是重點。」藤原綾表情馬上冷卻，很不爽的說：「你也別多問，討厭就是討厭。時間不多了，你快點看魔法啦！這本我也有看過，上面還有我的筆記，應該對你會有幫助。我等等再拿別本過來給你看。現在，快點看！我先走了，加油吧！」

「是～」

在得知我們中國古代思想史原來還藏有這麼一段亂七八糟不為人知的過去之後，我對這本《四書集注》也有了濃厚的興趣。我想，這比起剛才那本連字都看不懂的書會好一點，起碼我看得懂上面的中文。

看懂之後，我發現有很多小秘密就顯得格外有趣。

「三人行必有我師焉。」在春秋戰國時代，魔法師的數量是中國有史以來的高峰啊！

走在路上三個人裡面就有一個人會用魔法，孔老夫子就會去請教。

「學而不思則罔，思而不學則殆。」講的是學習魔法的時候一定要去思考其中的原理和實際操作，只知道理論是不會變強的。

還有孔老夫子自己的介紹……

吾少也賤故多能鄙事，講的就是他小時候很賤，什麼魔法都去偷學，學得很雜。

十又五而志於學，就是在十五歲的時候發現了儒教——當時還不叫做儒教——的基本教義，覺得很有趣就立志學習這套。

三十而立，在三十歲的時候終於魔法小成，準備開班授徒，正式創立儒教。

四十而不惑，在四十歲的時候對於自己的選擇就不會迷惑，堅信自己的道路，就跟嗚人老愛講他的忍道怎樣怎樣是一樣的。

五十而知天命，在五十歲的時候已經推算出自己跟儒教的命運，覺得很爽。

所以在六十歲的時候就耳順，聽啥都覺得好聽，聽啥都覺得是魔法的奧秘——或者有可能是幻聽。

七十而從心所欲不踰矩，表示人生在七十的時候才開始，信手拈來都是各種魔法的結構，準備要成仙了。

有了這種體認，加上藤原綾的筆記，這本《四書集注》我越看越快，越看越有意思，可是也越看越無力。因為即使最後把全本書看完了，我還是覺得我一點魔法都不會。

無力的原因還有一個，就是在我閱讀這本書的時候，藤原綾還不斷的拿新的書過來我房間。一下子我的房間成了小圖書館，一疊又一疊堆到我膝蓋這麼高的書，竟然有五、六疊啊！

我把書本闔上，看看時間，已經快要十一點了。想到明天還得上課，我就決定先去睡覺，以免明天爬不起來。

但就在這個時候，藤原綾突然走進我的房間。

一看到我正在關燈就寢，她二話不說就先打開我的電燈，接著走到我床邊把我棉被掀開，往我的床使勁的一腳踹了下去。

「噫噫！大姐我怕了妳啦！我只是想說明天要上課今天早點睡覺，妳不要殺我啊！」

藤原綾表情凶狠的瞪著我，雙手交叉在她發育極度失敗的胸口上，說：「睡覺？你知不知道我們禮拜六就要測驗啦？有時間不多看一點書竟然敢睡覺？要睡覺可以啊！我現在就抽考你今天的東方魔法界常識，通過了我就讓你睡覺啊！」

「東方魔法界常識？今天不是只有看《四書集注》嗎？」

藤原綾直接伸手指著旁邊地上那一大堆書，堆起親切但充滿殺氣的笑容，說：「嗯？東方魔法界常識？親愛的陳佐維先生，現在是把本小姐對你的好意當作驢肝肺了嗎？是沒看到我一本又一本，完全沒有嫌累的幫你搬進來的這麼多書嗎？」

其實那些書根本就是那些個 MIB 搬進來的，妳只是使喚人家而已啊！

當然我沒膽子反嗆回去，因為她太可怕了。而且她還是個魔法師，到時候真的用魔法把我殺死我也很難過。所以只好應著她的要求，爆肝熬夜唸書，並在她的監視之下唸到四點多，我才終於可以上床睡覺。隔天上課還是因此而差點遲到。

⊕⊕⊕　　⊕⊕⊕

「喂，佐維！你幹嘛一臉快死掉的樣子啊？」

中午吃飯的時候，偉銘邊吃飯邊問：「昨天跟宅月出團玩太晚嗎？」

旁邊的宅月趕緊跳出來澄清：「屁咧！他昨天根本沒上線，少牽拖我咧！」

我搖搖頭，很沒精神的扒著碗裡的白飯，說：「我昨天搞到四點多才可以睡覺……早上還這麼早起，差點就死掉了……」

偉銘和宅月兩個人對看一眼，偉銘才說：「嗯，沒上線跟你出團，這傢伙還跟一個漂亮的女朋友搞同居，昨天搞到四點才可以睡覺……宅月，你是不是想的跟我一樣？」

宅月也搭腔：「我有種被好朋友背叛的感覺，緊緊相依的心如何 Say～goodbye～」

「靠腰喔……你們兩個人誤會大咧！」我很不屑的給他們倆一人一個白眼，搖搖頭，嘆口氣說：「小綾她……很在意我要暑修的事情，逼我昨天就要把老師說下禮拜要交的作業寫完，我寫到四點多才讓我睡覺。才不是你們想的那樣。」

「喔，所以你是說兩個年輕男女，還是情侶，會在半夜躲在房間算微積分算到四點多？」偉銘笑著繼續說：「幹！鬼才會信你的話咧！一定有做什麼才對吧？說喔！」

宅月再度搭腔：「大概就像是，算好一題可以脫一件衣服，老師上次出五題，剛好外衣外褲內衣內褲都脫光，最後一題鐵定是上床獎勵了！噢～老公你要不要用人家的胸部試試夾擠原理啊～」

「我感覺我們的友情又破裂了……」我搖搖頭，苦笑著回應。

而且藤原綾的胸部應該夾不起任何東西。

然而，事情的真相我也不能說出來，就只能打哈哈帶過。

跟偉銘和宅月他們分開後，我才無力的回家。藤原綾依舊在客廳看電視，依舊一看到我就給我白眼。

「去唸書，別忘記我們禮拜六就要測驗，而你這王八蛋連亞洲魔法史都背不起來！根據我的推斷，今天你要是沒有辦法把其他的部分唸完，後面魔法測驗的進度就會被你拖累，我也肯定會被你拖累，那你就死定……」

「等等啦！」

藤原綾話還沒說完，我就打斷了她的話不讓她講。

這樣的行為讓這位大小姐非常不滿意，但比起眼神殺人，我覺得還是爆肝死人來得比較有威脅性，所以我趕緊開口先說：「我問妳，妳幾點起床的？」

「十點多，怎麼？」

「那妳知道我早上七點不到就起床了嗎？」我超無奈的回應，說：「……能不能讓我先睡個午覺，補充點體力再唸書啊？」

藤原綾依舊是看著電視，搖搖頭說：「不要浪費時間，有時間睡覺還不如多看幾本書！快去！我等等要是發現你在睡覺，你吃不完兜著走啊！」

我深呼吸一口氣，才點點頭表示我知道了，就拖著沉重的步伐走進房間。走進房間我馬上發出哀號，因為那些堆的有我膝蓋這麼高的書本，竟然又多了好幾落，這些不要說叫我一天之內看完，就是要在禮拜六進行筆試前，我也不見得可以看完啊！就更不用說把裡面的魔法常識背起來了啊！

可是回頭看著客廳的藤原綾，她看到我站在門口猶豫不決，已經在那邊用眼神示意我敢有一句廢話就死定了，我就知道抗議沒有用了，只好把門關上，上了鎖，坐到書桌前面拿起其中一本代表日本陰陽師的經典《超・占事略决》翻閱著。

這本《超・占事略决》上面也同樣有藤原綾的筆記，同樣也有很多有趣的小秘密。可是我現在已經快要睡著了，所以沒兩下子，我就真的把眼睛閉上進入夢鄉。但也睡沒多久，就被藤原綾用巴掌打醒。

「好啊你，說了不准偷懶，還敢給我把房間門鎖上來睡覺？你果然很帶種嘛！」

「嗚……您行行好，真的讓我休息一下好不好？」我沒啥力氣跟她吵，只能用懇求的方式跟她說話了。

藤原綾本來又要揍我，但大概是因為我現在的樣子真的很像是快要死掉的人吧？她就把拳頭跟緊繃的表情放鬆，搖搖頭嘆口氣，說：「算了算了……你就睡一下吧。不准鎖門，一個小時後我會進來叫你起來吃飯，然後繼續唸書，知道嗎？」

我點點頭，立刻翻上床躺下，看著藤原綾說：「我知道，謝謝，晚安……」

因為我是真的很累，所以躺到床上沒一下子就睡著了。而這次藤原綾叫醒我的方法也不是呼我巴掌，而是比較正常點的，用推的把我搖醒，這讓我非常感謝她。要不然我可能會因為睡不好失去控制，在起床氣的誘導之下，錯手把她殺掉。

「吃過飯，就繼續唸書學習吧。」

在餐桌上吃便當的時候，藤原綾不忘記繼續提醒我。雖然對我來說是左耳進右耳出，但我還是點點頭，表示我知道了。

不過在這一瞬間，我就想到中午宅月的白爛說詞，也不知道哪根筋不對了，看著一邊吃便當一邊翻古書的藤原綾，就說：「那個，糖果跟鞭子有聽過吧？」

「怎樣？你覺得被我呼巴掌上癮了，現在想要我去弄根鞭子來抽你嗎？」藤原綾把書闔上，瞇著眼對我說：「你真變態耶……」

「……完全不是妳想的那樣啦！」我搖搖頭，說：「糖果跟鞭子指的是說，除了處罰以外，也要有適當的獎勵，這樣訓練出來的成效會比較好。我只是想說，妳別老是只有威脅我，好歹也來點利誘嘛！」

「現在很得寸進尺了嘛你！」藤原綾歪著頭，說：「哼……不過只要你肯好好唸書不偷懶，我倒是想知道你有什麼好建議，不然遲早會被你氣死。」

「耶嘿嘿，不然我只要學會一個魔法，妳就脫一件噗啊！」

話還沒說完，我就被藤原綾在看的那本古書直接集中臉部，發出淒慘的叫聲。藤原綾本人則是紅著臉，氣急敗壞的說：「我不用遲早會被你氣死，我現在就快被你氣死啦！狗嘴吐不出象牙，王八蛋！想死是不是啊你？」

「人家、人家開玩笑的啦……」

「這種玩笑一點也不好笑！你、你離我遠一點啊！下次我在洗澡的時候我會先叫人把你這大變態抓住，哼！」

「千萬不要這麼做啊！」

今天晚上我又搞到三、四點才睡，原因很簡單，因為我還是沒有把筆試的範圍看完。但這真的不能怪我啊！以前不管是考大學指考或者是上大學之後的期中期末考，那範圍就算很扯，也都還算是在人類可以靠自己的力量學起來的東西，頂多就是考試的時候多了一

點教授他用自己天馬行空的想像力幻想出來的夢幻考題罷了。

可是現在不是這樣，要我在短短兩天內就從一個連魔法的魔字都還不會寫的人，變成一個不用翻書就告訴你，亞瑟王身邊的梅林法師每天早上吃飯前會先刷牙還是先洗臉的魔法學達人，這比不可能的任務還不可能啊！

在我看了兩天書、失眠兩天了之後，我對魔法這兩個字的興趣，可以說是消退到完全提不起勁來的程度了。

⊕⊕⊕　　⊕⊕⊕

「你不要跟我說你連續兩天都跟你老婆研究微積分到四點，全天下沒有這種瘋狂的學生情侶存在的！」

中午吃飯的時候，偉銘指著我的黑眼圈質問：「老實招來，到底晚上是玩得多瘋狂啊？老婆很正也不是這樣炫耀的啊！都完全不管我跟宅月的感受嗎？」

「是啊是啊！做兄弟的我只想規勸你一句，你這樣日操夜操的，很快會就精盡人亡的啊！」宅月也搖搖頭，很關心的問著。

雖然他們的問題都很白爛讓人很想扁他們，可是說到底，其實也就是關心我，不希望我整天熬夜。只是他們表達關心的方式和措詞有問題罷了。我搖搖頭，嘆口氣說：「小綾那傢伙比你們所想的還要嚴格……我會再跟她溝通溝通就是了。」

「溝通什麼啊！你一定是太軟弱才會被她壓在底下。那天一登場就先質問你不回家，一看就知道她是那種剽悍的女人咧！」偉銘很認真的向我說：「這種女人啊！就是希望凡事都由她們主導，要你這也不能做、那也不能碰，全部都要以她們的意見為意見。跟你說啊！要對付她們這種人，你就要硬起來啊！」

「嗯？硬起來？啥意思？」我問，但也不是真的想要知道該如何對付藤原綾，純粹只是搭腔而已。

「馬的，今天晚上她在騎到你身上不讓你睡覺的時候，你就把她推下去，給她一巴掌，跟她說：『妳這欲求不滿的賤女人，老子明天還要上課，還有別的女人要應付啊！安

分點讓我睡覺啊！』之類的臺詞，保證明天起床後她對你服服貼貼啊！」

聽完偉銘的話，我和宅月對看一眼，然後我說：「宅月，我總覺得我問這種人意見好像是錯的。」

宅月點點頭說：「我也有同感。」

「靠！我說的是比較誇張，可是意思你應該知道啊！別那麼笨好不好！」

我搖搖頭，給了偉銘一個白眼，說：「好啦好啦，我也知道你的意思。可是……唔，我跟小綾才剛在一起沒多久，我捨不得凶她啦！好啦好啦，過幾天我也許就習慣這種生活了，也許。」

「唉……以前那個籃球場上威風八方的東海LBJ，現在變成懼內一族了，真是不勝唏噓啊！」

偉銘說完，就跟宅月兩個人一起看著我，露出那種我好像已經在戰場上陣亡了的悲傷表情，讓我亂想扁他們一把的。

不過，他們說的對，我真的得跟藤原綾溝通溝通。要不然再這麼下去，在考試之前，我們這個還沒正式成立的結社就會因為有社員過勞死而面臨法律控訴強制倒閉啊！

當我吃完午餐回到家，藤原綾一如往常的坐在客廳看電視，面前擺著一本沒有闔上的書。她一看到我回家，就說：「回來了啊？過來一下，我有事情要跟你說。」

「這麼巧，我也有事情要跟妳說。」

我走到她身邊的沙發坐下，把書包扔在一邊。藤原綾則是把書闔上，聳聳肩，露出迷人的微笑說：「媽媽說，她相信我身為社長的專業程度，所以我們結社審核的筆試部分，可以讓我們免試過關。」

「三小？」

聽到這個消息，我不知道要哭還是要笑啊！筆試不用考了很好啊！可是妳不會早點講嗎美惠子阿姨？妳果然很討厭我吧？所以才故意讓妳女兒先惡搞我兩天的肝指數，才要宣布這個消息的吧！嗚嗚，把我兩天的睡眠補給我啊！

「你別高興的太早！」藤原綾收起笑容，嚴肅的說：「筆試還算是簡單的！這個考不考根本沒有影響。要知道，禮拜六就要接受魔法測驗，可是你連一招魔法都還不會啊！」

「我學！真的，學魔法感覺就比看那些北爛的書有趣多了啊……嗚嗚……」

「有趣？」聽了我的說法，藤原綾露出一抹神秘的笑容，聳聳肩說：「那我可不敢保證……你先去睡午覺，晚上我們再來……」

「睡、睡午覺？」我不敢置信的反問，因為這魔鬼教練竟然主動說要讓我睡午覺，這種話她敢說我都還不敢聽啊！

「嗯。」藤原綾點點頭，露出微笑，說：「怕你沒有體力可以面對晚上的挑戰呀，我們今天晚上可是會很激烈的喔～」

她這番言論，搭上那個笑臉，實在很難不讓人想歪。加上宅月昨天所說的，什麼解開一題微積分脫一件啊，以及我跟她所提過的糖果鞭子理論，我完全把事情導向神秘又帶點色色的方向去了。

嗚嗚，難道妳終於想通了嗎？

雖然妳很凶狠，可是長得真的很可愛啊！

「你的嘴臉讓我沒來由的想要扁你，在想什麼奇怪的事情了是吧？」

藤原綾冷酷的語氣把我拉回現實世界，強制中斷了我的幻想。她把桌上的書推到我前面，說：「哼，先看看這本書上的內容，你就知道為什麼你需要體力了。」

我把書拿起來，看了一眼後大吃一驚。因為這本書的書名，也是中文，而且不是什麼全新的《四庫全書》或者《夢溪筆談》，而是一本圖解——

《小朋友也看得懂的中國武術之大家來學五行拳！》

這是什麼東西啊！這也是魔法嗎？

NO.005

你要先聽好消息，還是壞的？

現在是深夜十二點，記者人所在的位置是位於我們東海大學上面一點的……公墓。

「早上我跟媽媽提到了你對於魔法界常識的吸收程度有夠差，資質有夠爛，九成是媽媽看錯人了的時候，媽媽就說了我們不用筆試也可以過關。雖然媽媽可以幫我們搞定筆試成績，但魔法測驗沒通過，代表你根本不是個合格的魔法師，就更不用提什麼成立結社，乃至於日後的魔法任務投標等等……」

「……妳的開場白有點多，而且這些我都懂，不要說我了，電視機前面的觀眾朋友也差不多懂了……但妳能不能停一下，先回答我一個問題。一個就好，拜託。」

藤原綾講話基本上是不允許人插嘴的，但看在我是冒生命危險開口，她也大發慈悲的閉上嘴巴，對我點頭同意了我的要求。

「我們到底要來這裡幹嘛啊？該不會妳今天讓我睡午覺又叫人買雞腿便當給我吃，是因為妳真的受不了我太廢，打算把我殺死然後棄屍在這邊嗎？該不會連墓碑都幫我刻好了吧？」我很無奈的說著，而且我還有點在發抖。

雖然我也不知道我是不是真的怕鬼，可是三更半夜哪邊不好去，妳把我從溫暖的床上

挖起來帶到公墓，這叫人不害怕也很難啊！

「學魔法。」

藤原綾給的答案很簡單，但她話還沒說完卻被我打斷，怒氣又起：「就快講到重點了，你沒事打斷我幹嘛啊？下次我說話你再插嘴，我就掌你嘴啦！」

「……是，麻煩藤原大小姐就快說吧！」

「嗯！剛才說到哪？喔……就是，我有跟媽媽討論過，有關魔法測驗是需要測驗魔法嘛！意思就是說呢，負責教導你魔法的人，不意外的就是我了。但你想想，今天結社真的組起來了，雖然我很不願意，可是你的確是我的社員，有任務要委託的話，也是我們要一起出動的。」

「所以，若是你也跟我一樣，施展魔法的時候需要一點時間確認靈脈走向，抓好五行元素的方位才能全力以赴的話，那我們組隊的魔法調性就重複了，到時候還可能需要第三個人來做打手，替我們爭取施展大型法術的時間。」

「喔喔！這我就懂了啊！就好像以前我們玩《魔獸》下副本的時候一樣，要有坦有奶還要有輸出，推王才方便啊！」我打了個響指。

「聽不懂你在說啥啦！《魔獸》的人物醜死了，會玩那個的一定都是噁心的臭阿宅啦！」

「妳應該要向全世界玩《魔獸》的玩家道歉啊！我是說，就好像一個冒險團隊裡面，要有人負責站在前線當肉盾擋王，要有人負責補血控場以免被滅團，還要有人負責當主攻手，是這個意思吧？」

藤原綾點了點頭，接著從她的胸口拿出下午那本《大家來學五行拳》。

對，你沒看錯。她胸部明明就是平的，卻不但可以穿著露肩平口的洋裝，還硬是要把東西塞在那邊啊！

「嗯，對啦！就是這樣……總之，我就想說，與其要讓那第三人來分我們的報酬，那不如就乾脆讓你成為那種人。這也就是我想了一整個早上，想出來的結果。」她一邊把那本書塞到我的手中，邊說：「你來學武術。」

「……啊不是要學魔法？」我一手抓著那本書，看著封面上笑得很像智障的卡通小

人，另一手抓抓頭，問：「怎麼又變成學武功了?魔法師跟武林高手還是有差別的吧?」

「不，這也是魔法的一種形式。」

藤原綾笑了笑，說：「武術，是中國傳統魔法的一種形式。很多人都以為武術只是練來強身健體，或者保護自己，其實那都只有學到皮毛而已。中國的武術，是包含很多魔法的原理在裡面，比如說五行，比如說陰陽，比如說太極。」

「而讓中國武術之所以會成為魔法的最關鍵之處，就是中國人所講的氣。這個氣，你可以把它認為是遊戲裡所講的魔力。換作比較實際的講法，就是能量。所有的魔法，不管媒介是什麼，不管規則是哪些，不管限制有多少，它都是一種能量的具體表現。比方說揮個手就能颳風點火，唸個咒語就可以種下病毒的種子，都是魔法師藉由不同的媒介、使用不同的規則，以及在不同的限制之下，表現出來的一種能量控制。」

「而中國武術的媒介，就是你的身體。」藤原綾伸出手指指著我，說：「藉由你身體這個媒介，來將你體內的氣轉換為可以克敵制勝的能量，這，就是中國人最神秘的魔法之一，武術的真相。」

「所以你看電視上那些大俠，他們除了用科學的訓練如拉筋、蹲馬步、挑水桶的方式來訓練肌肉的柔軟度和力量以外，是不是也常看到他們藉由打坐冥想的方式在練功呢？這就是我剛才所說的規則和限制的問題。」

「由於媒介是你的身體，所以規則也只有一個，不可以違反人體物理原則。比方說要你手肘向外彎九十度這種，那是不可能的，可是卻可以藉由提高柔軟度，增加能發揮的空間。再來，你的限制就是你肌肉的負荷度有多高，還有你氣有多強。這些就是靠物理訓練與打坐冥想得來的，懂了嗎？」

藤原綾講這麼一大串，似是而非，天馬行空，我有聽沒有懂。所以就問：「那電視上演的什麼飛簷走壁的，也是有可能的囉？」

「如果魔法可以做到讓人飄浮在空中，那麼同樣也是魔法的輕功，為什麼不可以讓人飛簷走壁？」藤原綾笑著反問。

「呃……可是照妳這樣說，這些武術經過四、五千年的發展，怎麼不是每個公園打太極拳的老頭都會……這也是【組織】搞的？」

「嗯，你懂就好。」藤原綾很滿意的點點頭，說：「看來我之前對你的教學，你不是完全沒聽進去唷！其實知道真相的人還是很多，也有人試圖寫出來分享給大家，可是在【組織】的努力和諧之下，這些知道真相的人，最後都從魔法師轉行成小說家了。」

「你們【組織】根本就是專搞和諧社會的政府機關嘛……」

「當然不是，我們已經跟政治脫離很久了。」

藤原綾義正詞嚴的反駁，然後又放軟語氣說：「不過，也不是分得這麼清楚……這個世界上有誰真的完全不信命理，不信風水？太少了！政治人物壞事做這麼多，碰到鬼的機率也比一般人高，自然很仰賴我們【組織】派人處理。要是以後你接到政府機關的委託，可別大驚小怪呢！」

「是這樣啊……欸欸，那難道說，那些什麼武俠小說，其實都是真的？」

「是真的也是假的。我沒看過原本的小說，字太多我看了覺得不舒服，而且也沒時間看閒書。」藤原綾笑著說，「不過因為有個很重要的人物也曾經是【組織】中人，所以他之前還特別把他寫的那十四本武俠小說做了第三次修改，把內容改得更莫名其妙不是？就是怕人看懂了，知道這些真實的情況，會造成社會的恐慌。」

我搖搖頭，問：「我不懂耶，為啥會功夫就是造成社會恐慌啊？」

「這問題就跟為什麼會有魔女狩獵一樣，我也不懂為什麼不讓社會大眾學魔法。可是根據歷史經驗，這種人多半不容於世，所以還是不要公開比較安全。不只是對我們魔法師有保障，對社會一般大眾也是。」

我感覺她沒有直接回答我的問題，不過既然她會這樣回答，就表示這問題她大概也不了解。反正這社會上很多事情本來就是約定成俗，大家都這麼說就算了的，並沒有原因，所以我也就沒有繼續問下去。

藤原綾跟我講解了這些事情之後，就要我把那本《大家來學五行拳》圖解講義打開，說：「這五行拳可以說是武術等於魔法的最佳例子，另外一個也很優良的例子是太極拳。可是我討厭道教，太極拳又是道教所創的拳法之一。所以我們來學五行拳。」

「唔，可是太極拳好像比較好入門耶……不然，公園裡的阿公阿嬤們怎麼不打五行拳咧？」我抓抓頭問著，還補充一句：「不要到時候學個太複雜的東西，結果根本派不上用場啊！」

「那倒也不會。」藤原綾搖搖頭，說：「五行拳其實是形意拳的基本型，也就是最簡單的基礎武術之一，嚴格上來說比太極拳還好入門。只是它比較沒這麼養生，動作幅度也比較大，所以那些歐吉桑歐巴桑才不學這個。至於你嘛……年輕氣盛的，學這個恰恰好！除非你本來都沒在運動的。」

「開玩笑！妳竟然跟東海 LBJ 這樣講話？妳難道不知道我籃球打得很好，反射神經驚人嗎？要不是因為當初我反射神經太驚人，我才不會去幫妳擋那一下咧！」

提到那件事情，藤原綾的臉色有點變了。她嘟著嘴，低著頭說：「那個……你的傷現在到底怎樣了？」

我也不知道為啥她突然鬱悶起來，可能是罪惡感深重吧？我抓抓頭，說：「其實我也不知道，妳那個障眼法的成果就是我自己並不知道我傷口到底好得如何了。」

「等等、等等練完功後，我幫你看看好了。」

藤原綾說完，就笑了笑，又說：「好啦！準備好了沒？我們要來練功了！」

其實我也不知道我需要準備什麼，因為我根本不知道我現在到底要幹嘛啊！不過我還是點點頭向藤原綾表示我準備好了，可以開始了。

接著藤原綾找來一個MIB，也就是平常擔任她保鏢的那種黑衣人，吩咐他站到我面前，然後對我笑咪咪的說：「好啦～打倒他！」

「屁啦！」

一看到MIB登場我就有陰影了，妳還叫我打倒他？是我被他打倒比較有可能吧？

我立刻對藤原綾說：「不是啦！妳不覺得我們需要循序漸進嗎？人家通常不是都會先弄個木人樁之類的來打，或者先按照書上教導的套路來練習嗎？靠！一開始就來這麼猛的，妳真的確定這樣的訓練方式沒問題嗎？」

「沒問題啦！他打你的力氣我有調整過了，你不會有事的啦！快點，打倒他吧！」

「不是我……」

我話還沒說完，那個黑衣人就有了動作，幸好我反應超快，迅捷的往旁邊一閃，躲掉了他的鐵拳重擊。但他的動作接二連三的後續又來，一拳兩拳三拳，密集的往我身上招呼

過來。我一個沒有閃好，他馬上來個顏面直擊，接著我就什麼都不知道了。

「……唉唷……痛……」

眼睛閉上再睜開，我只感覺我的頭痛到快爆炸了。

「醒、醒來了啊？有沒有怎樣？還有哪裡會痛嗎？」

我一清醒，身旁的藤原綾便立刻過來關心我的傷勢。但我一看到她就怕的要死，馬上撫著腦袋往旁邊退開。

「別過來啊！幹……吼唷！痛死了啦！」我揉著痛到人類極限的頭顱，對藤原綾抱怨說：「馬的！就說了我根本沒練過妳還叫我打？靠！你們魔法師根本血尿企業來的啊！先是要我爆肝死，後來發現爆肝死太慢決定一拳打死我啊？」

「……那是你真的太弱了！我完全沒料到你連閃躲都辦不到，還敢說自己有在運動呢！哼！」

「打籃球妳以為是打拳擊喔？球場上只要有人敢揮個一拳就會被裁判吹下去了，哪裡有人會像剛才那樣卯起來就是要我死的亂打啊！」

被我這樣一講，藤原綾大小姐很難得的沒有回嗆然後跟我吵起來，而是深呼吸了一口氣後，再嘆一口氣，才搖搖頭說：「好好好，這次就算是我不對好了……真是的，你難道不知道五行拳的精髓就在於拳法、走位、套路和五行元素的方位相輔相成，沿著金水木火土不停相生，金木土水火不斷相剋，進而找出對手空隙打倒對方嗎？這些書上都有講，你沒有先看過嗎？」

「幹！今天那本書不是整天都放在妳那邊嗎？」

……前幾頁才提到妳把書從胸口拿出來，現在竟然怪我沒有先看書？是怎樣，以後有新課程我就要先去妳胸部那邊找參考資料嗎？妳當那邊是哆啦A夢的口袋啊大姐？

「呃這……」

藤原綾好像也是現在才驚覺那本書一直放在她那邊一樣，愣了半天不說話，過了一下子才見笑轉生氣的說：「不、不管啦！哼……就、就算是這樣，你沒有拿到書也應該要跟我說一下啊！總、總之呢……唉唷，好啦好啦！我們再來一次吧！」

「還、還來？妳真的不怕我被打死就是了？」

「當然不是啦！」藤原綾搖搖頭，說：「我們就從最簡單的方式開始吧！先讓你從基本的套路去走。你先起來，馬步蹲好，聽我解說該怎麼怎麼……」

聽到不是要繼續跟那黑衣人打生打死，我才乖乖的站起來，按藤原綾的指示蹲起馬步，並且聽她根據書上的理論來講解五行拳的基本套路。但是由於時間已經很晚了，所以今天只讓我蹲了兩個小時馬步，還沒能正式練習套路，就先回家睡覺了。

可就算是這樣，蹲了兩個小時的馬步，還是讓我倍感舉步維艱啊！整條腿都硬邦邦的，還能走回家算不錯了啊！

回到家裡，藤原綾還很夠義氣的牽著我回房間，讓我可以在床上坐下。由於我雙腳的負荷實在太沉重，一有休息機會，一坐下就讓我發出舒服的呻吟。

我坐下之後，藤原綾便離開我的房間。可是沒多久，她帶了兩個玻璃罐走了進來，把玻璃罐放在床上，然後自己坐到我身邊。

由於她突然坐到我身邊讓我有點嚇到，我縮到一邊去，警戒的問：「妳、妳想幹嘛？」

「嗯？喔，剛才不是說了，練完功回來要幫你看看傷勢嗎？」藤原綾一臉沒什麼的表情回答著，說：「呵，別緊張，不會害你的。等等看完你肚子的傷口，再幫你塗點治痠痛的藥膏，然後再去洗個澡趕快睡覺，好嗎？先把衣服掀起來吧！快點。」

「呃，喔。」

我乖乖的掀起衣服，藤原綾把其中一個罐子打開，把裡面白色的粉末倒了一些在手上，然後開始在我的肚子上抹著。雖然之前也有被她媽媽這樣抹過，不過被她這樣抹還是第一次。加上可能是太累的關係，我總覺得氣氛非常不對勁。我一下子臉就紅了，超熱超燙，心臟怦怦怦的跳個不停。

在她抹掉障眼法之後，可以看到我肚子的傷口已經大有好轉。雖然還是有點小透明，不過感覺那層皮已經越來越厚了。

藤原綾笑著拍拍我的肚子，抬頭說：「太好了，肚子看起來……呃，你臉怎麼這麼

紅？」

「唔……不知道。」

大概是意識到了我的想法，藤原綾的臉也一下子變得緋紅起來。她趕緊把藥粉再倒到手上，別過頭去往我肚子上一陣亂抹，把障眼法又上了上去，接著她把另外一個罐子丟給我，別開頭說著：「那個，這個是治瘆痛的！你自己抹吧！我……我要去洗澡了！你記得洗過澡再睡覺喔！」

「喔喔，嗯嗯……」

藤原綾說完，站起身來，把那個裝有白色粉末的罐子拿起來，就要離開。但是在門口的時候，她又停下腳步，先轉頭對我說了一聲晚安，才快步的跑出我房間，把門關上。

我真的不知道，原來她溫柔起來的時候，有這麼可愛啊！

而且，這還是我們同居以來，她第一次對我說晚安耶！這是什麼意思呢？嗚嗚，太可愛了真的，我覺得我好像……咦？不會啦~這太扯了啦！一個扣掉剛才那一刻，總共加起來溫柔的時間不超過五分鐘的女人，我會喜歡她嗎？我又不是被虐狂！

我躺了下來，滿腦子都是剛才藤原綾害羞的幫我上障眼法，還有最後的那句晚安。一邊想她，一邊把痠痛藥塗在痠痛的位置，然後塗著塗著，才發現不對勁！這痠痛藥超火辣啊！我痠痛的位置又是在大腿兩側，這火辣到我真的歸懶趴火啊！我趕緊跳下床，忍著痠痛，衝到浴室去敲門。

「嗚嗚，藤原綾，妳先出來讓我洗啊！我下面快燒焦了啊啊啊！」

「呀啊啊啊！你這個大變態！不准進來啊啊啊！」

這個美好的瞬間，就這麼被我自己毀滅了。

藤原綾從浴室出來後，看著一個倒在地上雙手捏著LP的男人，那眼神簡直就在看狗屎一樣啊！

⊕⊕⊕　　⊕⊕⊕

隔天，我一樣是上課上到中午下課，要跟宅月還有偉銘去吃午餐。

「今天看起來精神好多了，我昨天教你那招有效吧？」偉銘笑嘻嘻的勾著我的脖子調侃道。

「啊，偉銘你錯了啦！你看他走路的樣子就知道，他昨天八成又在床上呼風喚雨，今天走路才會成這樣的。」宅月在旁邊語中帶刺的說：「想必是你終於征服你家那慾求不滿的女人，可以安心睡覺了吧？」

其實我腳會成這樣是因為我蹲一整個晚上的馬步所致，而且別說上床呼風喚雨，我昨天還差點把老二燒掉！不過這我怎麼講得出來，只能打哈哈的說：「我們是有好好溝通過啦……她不是這麼不明事理的人啦！」

「是嗎？瞧你這小子幸福的樣子，什麼時候請喝喜酒啊？」

「唔……這個問題問的也太早了吧……」

宅月在旁邊笑著給了我一拳，說：「幹！說真的啦！跟大美女同居的感覺怎麼樣？」

我看了看宅月，想到昨天晚上發生浴室慘案之前的事情，想到藤原綾那可愛的害羞表現，我就點點頭，笑著說：「還、還過得去啦！還可以。」

現代魔法師
與
祖靈的怒吼
你那天把人家看個一清二楚了，
還一起洗過澡，一起睡過覺，接過吻！
你不准說你不負責啊啊啊！
吐槽系作者佐維＋知名插畫家Riv
《現代魔法師02》謎萌的11月，精采上市！
※不思議好禮特報※
即日起至2014年6月10日止，凡在 安利美特animate 購買
購買《現代魔法師》系列全套八集，就能獲得 現代魔法師超萌毛巾
來與泳裝萌妹子一起清涼一夏吧！
活動詳情請鎖定【典藏閣不思議工作室】官網、FB、噗浪訊息。
典藏閣
華文聯合出版平台
www.book4u.com.tw
采舍國際
www.silkbook.com
不思議工作室
立即搜尋
版權所有© Copyright 2013

「幹！看他一臉賤樣我真的受不了了！」偉銘更用力的勒住我的脖子，說：「宅月，我現在就把他幹掉，你不要阻止我啊啊啊啊！」

「馬的，你不要拒絕我幫你啊啊啊啊！」

我們三個好朋友就這麼有說有笑的往快餐店的方向走去。

可是在這個時候，我遠遠的就看到藤原綾站在前面。她穿著很高雅的紫色小禮服，腰上還有蝴蝶結做裝飾，踩著羅馬戰士造型的涼鞋，提著一個名牌包包，笑容滿面的對我招招手，然後就向我們走了過來。

「偉銘、宅月，你們好！」藤原綾很有禮貌的向我兩個好朋友行禮問好，就跟電視動畫、日劇裡面會看到的日本主婦那樣。

宅月和偉銘還保持著緊勒著我脖子的殺人舉動，跟我一起三個人傻在那邊不知道要說啥。我會傻掉是因為我沒想到藤原綾會出現在這邊，我想他們兩個應該也跟我差不多。

「我知道佐維平常都跟你們一起用午餐，可是今天能不能先把佐維讓給我？我們跟我媽媽約好要一起用餐的……真的很失禮！下次一定由我們作東請客，可以嗎？」

聽到藤原綾的來意後，偉銘和宅月趕緊從我身上離開，拚了命的點頭說好，還說不用這麼客氣，嫂子的人他們怎麼敢搶等等之類的話。總之，就是把我塞給藤原綾之後，一溜煙的跑掉了。

跟上次一樣，原本勾著我的手、笑容滿面的藤原綾，在偉銘還有宅月消失掉的同時，就放開我，用鄙視的眼神看著我說：「噁心死了……你這個大變態別靠我這麼近，走開走開！」

「嗚……就說了昨天晚上是誤會咩……」

「我可不認為那種躲在浴室外面偷看我洗澡，還雙手緊抓著……噁心東西的人是誤會。」藤原綾別過頭去，看來對這件事情還是很介意。

我搖搖頭，轉移話題問：「好啦好啦，我是變態，可以了吧！到底妳來找我幹嘛啊？」

「昨天忘記跟你講了。」藤原綾還是背對著我，說：「今天媽媽要找我們回去，一起吃飯順便公布這次魔法測驗的考試內容。我是來接你一起過去的。」

「喔……好啦，那我們走吧。」

我們兩個改從另外一個出口離開學校，坐上停在外面中港路上的大黑車，朝著位在市區的藤原家出發。

我原本以為因為昨天的事情，藤原綾會完全不理我，不過在車上，反而是她先開口說話。一下子叮囑我不准說她壞話，一下子吩咐我要怎樣講解自己的修行進度，反正就是講了一大堆要我注意的事項，還附帶要是我敢在她媽媽面前陷害她一句，我回去絕對吃不完兜著走。

「欸可是，我還是要說，昨天晚上的事情真的是誤會啊！」我說。

藤原綾瞪了我一眼，小臉變得羞紅。接著她用力的給了我一拳，才別過頭去說：「人家、人家知道了就是了，你到底是有多想解開這個誤會啊你！」

我笑了出來，說：「因為我不想妳一直把我當成變態啊！妳太可愛了，真的。」

聽到我這樣說，藤原綾又轉頭看著我，臉上紅得跟熟透的番茄一樣，拳頭也跟著舉了起來。我本來以為又要因為開玩笑被揍，已經做好準備後，她卻沒有揍我，只是把手放下

來，說：「大笨蛋……哼！」

我又笑了，因為她現在這個樣子，真的比平常凶狠的時候，要可愛五萬倍左右！

⊕⊕⊕　　⊕⊕⊕

車子開到目的地，一樣的地點，相同的社區，熟悉的停車場。

來到這裡第三次的我，其實不用藤原綾帶路也可以自己走，但是我沒有這麼做，而是乖乖的等藤原綾帶領我進去。除了想要讓藤原綾帶路的這個理由之外，其實我還滿怕亂闖她家會死掉就是了。

搭乘電梯來到四樓，出了電梯看到那個玄關，那個叫做小薰的女人依然站在那邊，就像個二十四小時不用睡覺、全年無休的專職管家一樣。她一看到藤原綾和我，就很恭敬的行禮問好，但卻沒有幫我們開門。

「開門啊！」看小薰問完好後就站在那邊沒動作，藤原綾不悅的說著。

「這是會長的命令，她想對陳先生做點小測試。」小薰很有禮貌的說明著。

我雖然有聽沒有懂，一頭霧水，但是一聽到關鍵字眼「測試」的時候，還是稍微緊張了一下。不是說今天是來開行前會議的嗎？怎麼莫名其妙就變成測試了？

藤原綾很無可奈何的搖搖頭，對小薰抱怨著說：「就說了很多次，他的能力貨真價實了……喂，陳佐維，過來啦！」

「呃，喔！」

我走到藤原綾身邊，緊張的詢問：「那個，什麼測驗啊？」

藤原綾指了指她們家的大門，說：「開門吧，測驗你有沒有紳士的風度。」

我看了看那扇門，又看了看藤原綾不耐煩的臉，問：「呃……妳會陪我進去吧？」

「廢話，不然我來幹嘛啊？快點開門啦！」

有了藤原綾的保證，我稍微安心了一點。看來這測驗原來可以找人幫忙的啊！於是我就上前去打開了那扇大門，準備要接受測驗。沒想到門一打開，裡面竟然什麼都沒有。

其實也不是什麼都沒有，我是說，藤原綾她家依舊是那個普通的樣子，她們家並沒有

因為要測驗我而改裝成什麼詭異的場地。

看到這一幕，我就更疑惑了。而旁邊的小薰則是一臉震驚。全場唯一表情沒變過的就只有藤原綾，或者該說她有稍微變一下表情，有種驕傲的感覺，但是稍縱即逝就是了。

「這……這算什麼啊？」

「啊啊～不要管太多啦！進去進去！」藤原綾在我身後催促著，還用她的手推著我的背往前走。

進了她家，藤原綾一樣要我在老地方坐下稍候，她自己去請她媽媽出來。我看著餐廳那邊的餐桌上擺著各種菜色，餓著肚子等待。不過也只等了一下子，她就跟她媽媽兩個人一起走了出來。

美惠子阿姨一看到我，就說：「啊！佐維你來啦！幾天不見，魔法學習得如何呢？」

我趕緊站起來回答：「很好很好！五行拳真是適合我練習的一種魔法。」

——這當然是藤原綾要我這麼說的，不然其實我到現在連五行拳的五字都還不會寫。

美惠子阿姨點點頭，說：「是嗎？雖然武術、拳法之流的魔法比起純理論派別跟咒文系的來說，比較好入門，但是要觸及最高階的領域，其實比較難。而且日後在跟魔物或者其他魔法師決鬥的時候，也會比較辛苦喔。」

「這我知道，但是藤原綾跟我已經有了要成為拍檔的共識，所以我學拳法來輔助藤原綾會比較適合。」

——又是一個設定好的答案，我真的該說知母莫若女嗎？怎麼妳媽會問什麼問題，妳都幾乎想得到啊！

「呵呵……肚子應該餓了吧？來，我們吃飯吧！」

於是我們三人移動到屏風後面的餐廳，就座準備用餐。才一坐下，藤原綾就用日語講了一句話，便開始吃飯。

我如果沒記錯，這應該就是吃飯前要先喊一聲開動了才可以吃飯的禮貌。於是我也跟著入境隨俗的喊了一句「我要開動了」，但卻引來她們母女倆的笑聲。

我不知道哪裡講錯了，很錯愕的看著她們。

藤原綾就一邊笑一邊吃，美惠子阿姨則是比較好心，向我解釋說：「不是笑你，只是……呵，這句話聽別人用中文講，實在很微妙呢。」

「喔……我以為我說錯話了。」我有點不好意思的抓抓頭說著。

「沒的事，吃飯吃飯，趁熱吃啊！」

席間我們的交談大部分都是日常生活的對話。甚至美惠子阿姨還像是一般的家庭主婦一樣，聽說我是理學院的學生後，就希望我能夠在這方面多幫藤原綾加強。除了幾個關心我們平常魔法教學的問題以外，這番對話日常的好像到哪都聽得到。

吃飽喝足後，三個人又移動到客廳去坐，準備要來談正經的事情了。

一個下人送上茶水，美惠子阿姨捧起茶杯，輕輕慢慢的啜飲一口色澤溫潤的熱茶後，笑著對我還有藤原綾說：「小綾、佐維，今天找你們過來的原因不只是吃飯而已。依照慣例，參加測驗前會先公布測驗的題目為何，所以這次找你們過來，就是這個原因。其實應該是要在比較正式一點的辦公室裡舉行，可是因為小綾是我的女兒，佐維你也是我特別看好的人選，所以才想說一起吃頓午餐，順便講這些事情。」

「但是請別擔心，我們的對話都會被記錄下來，這次的面會以及公布的測驗題目依然有效力，我以【組織．東方魔法界】會長的名義向兩位保證。」

美惠子阿姨笑了笑，又補充說：「而且，測驗的內容並不會因為小綾是我女兒，在難度上有所降低，請兩位要有一定的心理準備。」

藤原綾很鄭重的點了點頭。

我也不知道為什麼，感覺有點緊張，嚥了口口水後點了點頭。

「另外，由於是結社資格審核，所以相對的，測驗難度也會比較高。會面對的危險也比較大。很多結社在進行測驗的時候，因為一個判斷錯誤，就使得整個結社覆滅掉的情況，也不是沒有。」美惠子阿姨很嚴肅的說著，這讓我越來越緊張。

「結社審核的題目都是由我們【組織】的考核部出題。當然，最後還是要由我認可才有實質審核的效果。但是這裡有一個好消息跟一個壞消息，你們想先聽哪一個？」

「好的。」

「壞的。」

我跟藤原綾異口同聲的回答出相反的答案，我想聽好的，她想聽壞的。而這個壞蛋馬上就瞪了我一眼，然後對她媽說：「先聽壞的。」

「你們審核的難度是A，僅次於最難的S而已。這個任務有多難？相信小綾妳應該很清楚。」

我轉頭看了看藤原綾，她倒是沒啥表情，聳聳肩說：「嗯，不過也不是過不了。那媽媽，好消息是什麼呢？」

「嗯！」美惠子阿姨點點頭，笑著用食指指了指自己，說：「好消息是，你們的題目是我親自出題的。」

我靠！這是哪門子好消息啊？妳根本就只是想欺負我吧？

「好啦，那我就不賣關子了。」美惠子阿姨又喝了口茶，把茶杯放下後，坐姿端正起來說：「我，藤原美惠子，現在以【組織．東方魔法界】會長的名義，向新結社……呃，你們結社名字在通過之後記得補上喔！我才可以儘快幫你們做正式登記。」

她突然插這一段進來，讓我和藤原綾都差點跌倒加噴茶。藤原綾還先揍了我一拳，才笑咪咪的對美惠子阿姨說：「嗯，我們一定會在通過審核後馬上補上結社名字。媽媽！妳快點說啦！」

「嗯，我向兩位做出正式的宣布，你們的審核的題目，就是在後天，去一個叫做【天地之間】的地方，拿個東西回來就好了。」

「啊？什麼？」

我和藤原綾又一次的異口同聲，但兩個人都同樣感到訝異。這傳說中難度A的結社審核考試，竟然只是幫忙拿東西？是什麼東西這麼神秘啊！

NO.006

在藤原家得知了審核的題目後，美惠子阿姨說還有事情想對藤原綾講，就讓我先回去了。不過在回去之前，藤原綾還派人監督我去練功，不讓我偷懶。練到後來，藤原綾也回來了，她看了滿意我才可以回家休息。

隔天也跟學校請假——其實是蹺課——在家，跟藤原綾一起就五行拳的講義做研究及講解。

藤原綾說明天要正式上場，不想讓我太勞累，以免到時候啥都還沒做就先自爆了。所以今天只要好好去參悟書中所講的就夠了，並沒有安排我做體能訓練。饒是如此，前兩天凶狠的訓練，還是讓我全身肌肉痠痛到不行。

而她也不忘記提醒，除了身體狀況要調整好外，心理狀況也要調整好。畢竟出門在外降妖伏魔，不是辦家家酒，跟平常練功不一樣，上場只要一點點失誤，就有可能遭受生命危險。

這經驗我有過，就是跟她相遇的那次，我肚子馬上被妖魔開了一個大洞。要不是因為有藤原綾在，而且她也有時間可以救我，或許我早在那次就葛屁了。

「明天自己小心一點。」

晚上睡覺的時候，藤原綾照慣例的來我房間跟我說晚安。之所以要說照慣例，是因為自從那次之後，她每次都會先來我房間說晚安才去睡覺。而且我自己也很期待這個時候，畢竟她幾乎只有在睡前才會溫柔起來。

「嗯……還是我再多看一點書？」我抓抓頭，說：「會不會比較好？」

藤原綾搖搖頭，說：「還是早點睡的好……你應該已經把『劈拳』的要領掌握到了，對吧？」

劈拳是五行拳之一，簡單介紹就是劈拳之形似斧，性屬金。口訣是：雙楊雙鑽氣相連，起吸落呼莫等閒。易骨易筋加洗髓，腳踩手劈一氣傳。

我把這些在腦海中快速的複習過，並且順便在腦子裡面演練一次劈拳的動作後，便點點頭，說：「大致上知道了。」

「對呀，那就睡吧，晚安。」

藤原綾說完，對我笑一下，就轉身要回去她房間睡覺了。我突然把她喊住，不過也不知道要說什麼好，就說：「呃嗯……那個，謝謝妳這幾天教我這麼多。」

「短短幾天是能學什麼呢……不過只專注在五行拳的劈拳上，這個方法可能真的有用吧……架式和套路什麼的就不要太在意，懂運用就好。」

「那是妳會教啦～」

「其實我並不是真的會五行拳，我只是把書上寫的講給你聽而已。媽媽要我做到的可不是只有通過明天的測驗而已，重點是要把你拉進魔法的世界，教會你魔法。因此，我可是很認真的在教你。」藤原綾笑著說：「不過，我也覺得我教得好。好啦好啦！睡覺了，晚安。」

「嗯……晚安。」

我只是想跟她多說點話而已，目的既然已經達成，就可以睡覺了。

其實我也不知道為啥會這樣想，大概是因為成天老是跟她兩個人黏在一起，不管是吃飯還是練功，讓我覺得我們要是可以把彼此之間那種講兩句話就可能要打起來的關係修正好，會過得比較好一點吧！

⊕⊕⊕　　⊕⊕⊕

躺在床上，眼睛一閉上再睜開，就已經天亮了。

走出房間，藤原綾已經起床，坐在餐桌那邊吃早餐了。她一看到我，就指了指她身邊的位置，叫我過去吃早餐。早餐吃完後，我們就坐上大黑車，前往那個什麼【天地之間】的入口。

雖然離我們家最近的入口也在臺灣，不用出國什麼的，不過因為還是要花上幾個小時的車程，所以藤原綾就建議我在車上多睡一下，補充體力。我也照著做了，一睡下去，再醒來就已經抵達了目的地。

這是一間不知道位在哪座山上的寺廟。杳無人跡，山明水秀，眺望遠處的山峰，真的是有種雲深不知處的感覺。

下了車，一個從寺廟裡走出來的人就領著我們往寺廟裡面走去。寺廟裡面並沒有人，看起來也已經斷了香火，供桌一片雜亂，神壇上也沒有神像。不過整體環境倒是很乾淨，就像是有人經常出入一樣。

「到了。」那個領著我們前進的人，在一個緊閉的門前停下腳步，回頭向我們說道。

藤原綾轉頭看了看我，向我點點頭，好像在說「要上了喔！」一樣，就往前走去，推開那扇門。

門後面是一片一眼望去什麼都沒有的黑暗，黑到讓人無所適從，光看就覺得難過的黑。藤原綾毫不猶豫，就往那片黑暗走了進去。我也趕緊跟著走進去。

這片黑暗之中，伸手不見五指，讓人心裡感覺非常不踏實，每一步都要走得非常小心翼翼，生怕下一步踩空了，就再也回不來了。

在這片黑暗之中，視覺完全沒有作用，由於沒有聲音，聽覺好像也沒有作用。早我一步進來的藤原綾身上有擦香水，可是空氣裡一點味道也沒留下，表示嗅覺也失去了作用。一直到最後，連方向感都不管用的情況之下，只能自我感覺良好的催眠自己沒走錯，腳步不停的向前直走吧！

幸好這黑暗通道沒有太長，不然我肯定會發瘋！當看到光芒的那一刻，我拚命的向前跑去，就看那光芒越來越大，最後我衝破黑暗，然後腳一踩滑，往前跌了一跤，撞在前面的藤原綾身上，兩個人抱在一起滾了好幾圈。

「呀啊啊！你幹嘛啦！」

藤原綾被我嚇到，拚了命的搥打我。我則是滿臉通紅，不好意思的趕快跟她分開，一邊道歉一邊把她扶起來。

「真是的，跑這麼快幹嘛啦！」藤原綾起來後還不忘記多搥我一拳，生氣的說：「想把我嚇死還是想趁機偷吃我豆腐啊？想死了是不是？」

「嗚……好久沒聽妳罵人，都快忘記妳罵人這麼凶狠了啊……」

聽到我這樣講，藤原綾突然停下罵人的舉動，別過頭去，雙手扠腰的說：「哼……本小姐一點都不凶狠！還不都是你害的！」

「是是是，那麼藤原綾大小姐，我們先別在這裡爭論這個了，快點往前走吧！」

藤原綾白了我一眼，就繼續往前走。

穿過那片黑暗之後，我們來到一座山的山腳下。在前方不遠處，有個小村落。

當我們兩人接近村子的時候，藤原綾把我拉了過去，讓我跟她靠得很近，而且還緊抓著我的手。

「等等不知道有什麼危險，我們走在一起比較安全。」

她身上真的很香！這是她一靠近我之後，我腦子裡第一個念頭。不過現在也不是胡思亂想的時候了，我點點頭，說了聲知道了後，繼續往前走。

走進村子裡，會發覺自己好像不小心穿越到古代一樣。這裡的房子都是小小間的，外牆是土牆，屋頂是茅草。不過除了房子造型以外，路人的服裝倒是跟正常人無異，頂多就是復古一點，大約七、八〇年代那種風格，形成一種奇妙的違和感。

每個路人都用奇怪的眼神打量我們。

我心裡面覺得很緊張，畢竟這可是身處敵營啊！而藤原綾表面看起來很鎮定，不過抓著我的手卻是越抓越緊，感覺她也很緊張。

幾個在旁邊打陀螺的小男孩突然跑過來，圍住了我們。藤原綾和我馬上做出警戒的動

作。其中一個小男孩上前一步，笑嘻嘻的用字正腔圓的中文問：「大哥哥大姐姐！沒看過你們耶！你們是哪裡來的啊？」

我和藤原綾還是很警戒，兩個大人對著一群小孩做出想要打架的動作，感覺畫面很詭異。那小男孩看我們沒反應，又再問一次這個問題。我和藤原綾對看一眼，發覺他們好像沒有敵意的樣子。

收起架式，藤原綾才回答了他們的問題：「臺灣。」

回答的很簡短，幾個小男孩則是有聽沒有懂，你看看我、我看看你，然後又問：「那是哪裡？」

嗚，臺灣的國際能見度真的太低了嗎？對方明明就是說中文的小孩子，感覺可能是對岸的小孩卻不認識臺灣，實在太慘了啊！

「唔……那是一個在中國大陸旁邊的小島，一個國家，有很多好吃的東西。」我趕緊做好國民外交，向他們簡單講解臺灣是什麼東西。不過很顯然，那群小孩子依然是不懂我在說什麼。

解釋了半天，那群小孩好像也不想聽了。一開始問我們問題的小孩子這時走上前來，伸手去抓藤原綾的手說：「沒關係，大姐姐大哥哥跟我們來！我家也有好多好吃的！」

藤原綾轉頭看了看我，我也看了看她。然後她點點頭，我也點點頭，就這麼在心靈上做完交流，決定跟著小男孩走。

我們跟著小男孩走到其中一間房子前面，小男孩要我們在這裡稍等一下，他去跟他爸媽說有客人來。

趁這個時候，我趕緊問藤原綾：「喂……怎麼跟妳媽媽說的不一樣啊？不是說難度很高嗎？」

藤原綾也皺眉，說：「我也不知道……反正小心就是了。」

小男孩很快的又跑了出來，後面還跟著一對中年男女。女人穿的是以前那種大墊肩裝，男人穿襯衫和西裝褲，還把衣服紮進去。跟外面的村民一樣，都是很復古的造型。他們很客氣的邀請我們進屋，並且趕緊送上茶水點心，就開始聊起來了。

「我們這裡好久沒有外地來的人了，兩位請你們一定要玩得盡興啊！」男主人笑著

說，並且喝了口茶。

我和藤原綾當然不敢喝茶吃點心，就只是保持笑容還有警戒心的坐在那邊，聽男主人介紹。

這裡就是【天地之間】，住在這裡的人都是「軒轅黃帝」的後代子孫。他們是為了守護山裡封印的神劍，才會整族搬進這裡。他們與世隔絕生活至今，偶爾才會出去外面的社會添購這裡沒有生產的生活用品。至於像我們這樣從外地進來的人，最近一次都得要追溯到幾十年前了。

「啊！我看不如這樣吧！兩位今天就先在我家裡住下，我去幫兩位通報一下，明天我們就上山去，帶兩位去給我們族長看看吧！」

「族長？」藤原綾問。

「是啊！我們都是黃帝的後代子孫，族長奶奶更是黃帝的直系後代！而且要是她知道難得有外面世界的人進來這裡，一定會很高興的！兩位今天務必在此留宿一晚……老婆！等等把雞宰了，晚上弄頓好料的招待兩位客人啊！」

我和藤原綾又對看一眼，然後又點點頭，再次完成心靈上的交流，決定留下來。

從這男主人的介紹之中，我大概猜到了我們這次考試要拿的東西，應該就是他所說的神劍。既然神劍是在山裡，族長也住在山上，那我想或許去見什麼族長的，可以讓我們比較接近這次事件的核心。

知道我們要留下來，這對造型復古的夫婦開心的笑了，帶我們回來的小男孩也高興的笑了。他說還有時間，不如帶我們去後面的溪邊玩水、釣魚，晚上也許可以加點菜。

我們度過一個感覺很開心的下午。

之所以說感覺很開心，是因為村裡的人對我們都很好，知道我們要留下來住，左鄰右舍們還紛紛把一些青菜都拿出來，說晚上要讓我們加菜用的。一起去玩水的時候，小男生跟小女生都湊在藤原綾身邊問東問西。魚也釣了好幾條，又肥又大。

可是我和藤原綾始終不敢真正放下戒心，好幾次都在互相提醒，可能有陷阱。

拎著兩、三條大魚回到小男孩家，女主人已經替我們整理好一間客房。很客氣的笑著

對我們道歉，說房間有點小，希望不會虧待我們。男主人也去附近酒窖中，打來兩壺老酒，笑著說晚上要開來喝掉盡歡。

在吃晚餐之前的一段時間，藤原綾和我兩個人坐在客房的床上，面面相覷。

這裡到底是【天地之間】，還是桃花源？

「跟妳媽講的，完全不一樣吧……」

藤原綾自己也懷疑了，她說：「我感覺他們好像不是壞人……對我們好都是真的耶……可是媽媽也不會騙我啊……」

「欸，而且我們真的不打算吃晚餐嗎？我肚子真的有點餓耶！」

「你只想得到吃嗎？」藤原綾冷冷的反問，隨即低下頭說：「不過……我也有點餓。失策了，本來以為很輕鬆就可以解決，沒有帶乾糧來……」

藤原綾沉默一下子，又把頭抬起來，說：「反正見機行事，知道嗎？」

「嗯。」

這些對話，在我們吃晚餐的時候完全被當作放屁！

這個村子的人實在太好客了啊！本來只打算請我們吃點好料的，最後竟然變成全村聚在一起開盛大宴會。大家吃的東西、喝的東西都是一樣的，而且每道菜色都色香味俱全，感覺好吃極了。我和藤原綾不小心忍不住誘惑吃了一口，就一口又一口，一口又一口，最後一碗又一碗，狠狠把他給吃到飽為止。

「來，喝啊！」

一個老先生端著兩碗酒來到我身邊，把其中一碗遞到我面前，說：「老夫敬你是外地來的一碗！乾啦！」

說完，那老先生一口就把他自己那碗酒喝光，然後把另外一碗硬是塞給我。我趕緊看看四周，尷尬的說：「那個，我沒喝過酒……」

「喝！喝！喝！喝！喝！」

眾人開始起鬨，大家就是要我把這碗酒給喝下去。最後我勉強的把這東西喝下去，結果發現，這東西實在有夠難喝！又苦又辣，口感詭異，不輸在喝穩潔啊！不過我整碗酒乾掉後，倒是獲得眾人鼓掌，這讓我覺得心裡面舒服極了。

這大概就是我喝醉之前，最後的印象了。

⊕⊕⊕　⊕⊕⊕

隔天早上醒來的時候，我嚇了一大跳。因為我懷裡還躺著另外一個人，一個女孩子，她也緊緊的抱著我。

……她是藤原綾。

看到在我懷裡的人是藤原綾，真的是嚇死人喔！我不敢把她吵醒啊！雖然兩個人的衣服都穿好好的，表示可能昨天晚上只是單純的睡在一起而已，可是誰知道她醒來後發現這種情況會不會把我殺死啊！於是我只好繼續裝睡。

閉上眼睛，感受藤原綾在我懷裡的溫度，她的香味，她柔軟的身體。我偷偷的睜開一點眼睛，看著面向我睡著的藤原綾。她睡得很安穩，還發出細細的鼾聲。這麼近距離觀察她，越看我是越臉紅心跳，只好把眼睛閉上，盡量不去亂想有的沒有的事情。

我很希望她趕快醒來，可是又很不希望這段時間結束。

不過好景不常，她還是清醒了。而我也如願以償的被她踢下床，倒在地上假裝現在才醒過來。

這還真的不好演啊！

「你們小倆口是吵架了嗎？」

吃早餐的的時候，男主人微笑著問我。我只是尷尬的搖搖頭，表示臉上的傷是我自己下床的時候不小心摔倒的。而我也成了我和藤原綾的結社審核測驗中第一個掛彩的人，凶手還是藤原綾。

吃過早餐，男主人就要我們等他整理一下儀容，因為等等要帶我們去見族王，不好太邋遢。我與藤原綾在等待的時候，稍微交換一下心得。

「你覺得怎麼樣？」藤原綾問。

「唔……抱起來觸感軟綿綿，味道香噴噴……是我不好，我不應該趁妳喝醉的時候上妳的床跟大小姐妳睡一起，我罪該萬死！離開這裡之後我會馬上自盡，拜託別再用那種看狗屎一般的眼神看我了，拜託！」

藤原綾搖搖頭，給我一個白眼，說：「我是說正經的，你要是再給我胡鬧下去，不用等出去外面，這裡殺死你還剛好方便我棄屍。現在，回答我的問題，你覺得怎麼樣？」

「什麼怎麼樣？」

「我是說……你覺得這裡的人到底是何居心？」

面對藤原綾的質疑，我也不知道該怎麼回答。

假設，這裡的人真的打算對我們不利，在昨天晚上我們醉到不醒人事的時候，他們就已經可以出手了。可是如果他們真的不打算對我們不利，那到底美惠子阿姨所說的危險又是怎麼回事？這種情況我都不知道該如何判斷了。

我搖搖頭，嘆口氣說：「我也不知道……不過我覺得他們不像是壞人。我想我們還是趕快把東西拿一拿趕快走，回去跟妳媽交代完就好了。」

藤原綾點點頭，閉上眼睛思考。隨即睜開眼睛，瞪著我說：「我跟你講，要是你在我媽面前說什麼我們兩個人抱在一起睡過覺，你信不信我真的殺死你？」

「唔……我信就是了，拜託不要，我對殺死我感到過敏啊！」

男主人再度登場的時候，已經換上一套雖然老舊，但整齊乾淨的西裝。跟著他一起出來的還有他的兒子，昨天那個小弟弟。他也換上小襯衫、小吊帶西裝褲，感覺很像電視上的小童星在穿的服裝。

男主人帶著歉意向我們說：「真不好意思吶……小寶說他也想要去見族長奶奶。兩位不知道介不介意？」

「不會不會！」我和藤原綾異口同聲的回答。

我們跟著男主人離開了房子，沿著村後的路往山上走，一邊走一邊還聽男主人介紹他們這一族的歷史。他們雖然都是軒轅黃帝的子孫，但還是有些不同。這一族總共十三個姓氏，其中姓「公孫」的，才是宗家。其餘十二姓，分別為姬、西、祁、己、滕、葴、任、

荀、僖、佶、儇、衣等十二家，都是次一級的分家。

原本除了公孫氏之外，每一家都有自己該守護的職責，然而千百年下來，這裡的人都安家樂業，沒有各種災難，這些守護者的職責也就失傳了。唯一的例外，就是公孫宗家。歷年宗家皆由次子或者次女繼位，長子或者長女都將會被任命為「侍劍」，贈「夏禹劍」，負起看守「神劍．軒轅劍」的封印的責任。

男主人姓任，名字是啥我沒問、他也沒說。

任先生在講解這些事情的時候，除了熱心以外，可以感覺到他對身為軒轅黃帝子孫這件事情非常的驕傲。

「聽任先生這樣介紹，那感覺不去看一次軒轅劍，這趟我們就白來了呢！」藤原綾笑著說。

感覺很像是一般觀光客會問的問題，但我想她一定不只是這個意思。

「這應該不是問題，到時候我再向族長奶奶說一聲就是了。」任先生很隨意的就答應了。

我們四人走了一段山路，很快就看到一座大宅邸。任先生向我們說明，那裡就是公孫宗家所住的族長大宅。

在這一瞬間，我注意到藤原綾臉色有變，於是趁著任先生在跟任小寶玩的時候，小聲詢問藤原綾怎麼回事。

「那裡，有很強大的魔力。」藤原綾皺著眉頭，說：「這魔力的強度……快要跟媽媽一樣強了……裡面住的肯定不是普通人物！」

「唔，不過我啥都沒感覺到耶……」

藤原綾看了看我，又看了看宅邸，一瞬間突然露出有點恍然大悟的表情說：「原來如此啊……嗯，那我大概知道為什麼要安排我們這種測驗了……」

藤原綾恍然大悟，我反而如墜五里霧中啊！趕緊追問：「什麼意思啊？該不會真的要把我給葛屁了棄屍在這邊吧？」

「神經病！」藤原綾白了我一眼，說：「先別說了，晚點有時間我再跟你說清楚。」

「……喔。」

我們來到宅邸門口。原本以為這裡既然是族長住的地方，戒備會比較森嚴，結果不但沒有守衛，連門都是打開的，還可以看到裡面的庭院有小孩子在跑來跑去。任小寶一看到小孩子，開心的喊了個名字就衝進去玩了。任先生除了叫他要小心之外，也沒多加制止，看來這族長還真是平易近人。

倒是藤原綾好像又發現了什麼，在我耳邊小聲說著：「小心點，這裡的氣場跟外面很不一致。」

任先生領著我們直接走進大宅，在裡面的客廳讓我們坐下，就說要去找族長奶奶。我以為會等很久，結果才一下子，任先生就帶著奶奶來到客廳。

族長奶奶看起來大約六十多歲，面目慈祥，身材略成福相。一見到我們，她就笑呵呵的說：「子敬說的外地客人就是這兩位吧？難怪昨兒個晚上山下熱鬧起來，還道是老婆子老了，連個慶典的日子都忘了啦！」

「奶奶還很年輕吶！一點都不老。」任先生先笑著對奶奶說，才向我們介紹：「佐維、綾，這位就是我們的族長奶奶了。」

我和藤原綾立刻站起來，很有禮貌的向她問好。奶奶請我們坐下後，大家就聊了起來。先是問問我們打哪裡來的，又問問我們當地情況怎樣，中間也有不少好奇的公孫氏家人過來打招呼，奶奶也一一向我們介紹。

當我們聊完之後，奶奶還提議讓人帶著我們去逛逛這座大宅。她身邊的下任族長，一個三十多歲的男子，自告奮勇的帶領我們去逛逛。我們兩人跟著這下任族長一起在宅子裡面走。

這地方真的很大，而且除了起居的地方之外，還有練功的道場，以及非常具有歷史意義的史料保存室——他們家的倉庫。

最後，我們來到宅邸後面，那裡有一個大山洞。

才來到這裡，藤原綾就臉色大變。我一看就知道不對勁了，可正想要發問，同樣發現藤原綾臉色大變的下任族長就說：「藤原小姐應該也是修道之人，才會對這裡有如此反應吧？」

我看了看下任族長，又看看藤原綾。

藤原綾則是點點頭，說：「是、是有接觸過一點魔法……並不是很厲害。可是這裡面到底是什麼……怎麼會有這麼可怕的氣息？」

下任族長走到藤原綾身邊，用手貼在藤原綾背上，溫柔的以順時針方式畫圓。一下子，藤原綾的氣色就好多了。

「我們進去看看吧！這是我們軒轅一族最大的寶藏，也是最大的精神象徵和……責任。」下任族長嚴肅的說道。

我們三人走進山洞。

這山洞並不黑，洞壁都有裝照明設備。路並不難走，看起來就是平常有人在負責修繕的樣子。但是藤原綾卻是越深入越難受，要不是下任族長一直在她背上性騷擾，她大概早就躺下了。

可是身為一個麻瓜——哈利波特用語，也就是什麼魔法都不會——的我，卻感受不到藤原綾的痛苦。

走到深處，看到一潭清池。水質清澈，燈光的照射之下可以直接看到池底的青苔。水波不興，安靜的好像一片大玻璃一樣。池中間有一座孤島，孤島上插著一把劍。

我想，這就是他們一族代代守護的神劍．軒轅劍了吧！

「叔叔，您好。」

就在這個時候，旁邊傳來一個女孩子的聲音。

我們三個人往聲音的來源看去，就看到一個穿著一身素白漢服，長髮及腰，長得就像仙女下凡般的超漂亮大正妹站在那裡。

這女生真的超級、超級無敵漂亮的！什麼沉魚落雁啦、傾國傾城啦、美若天仙啦，都不足以形容這女孩子的長相。而且她的身材超好，該凸的凸、該翹的翹、該小的也小，把藤原綾跟她擺在一起，搞不好藤原綾還得先去整容和隆乳才有辦法跟她就長相這塊領域上一較長短。

「哎唷！」

藤原綾沒來由的捏了我的腰一下，我痛的發出叫聲，回頭看著藤原綾問：「幹嘛捏我

啦？」

「不知道，就是不爽。」藤原綾把臉別過去，說著。

女孩子走路輕飄飄的，慢慢的走到我們面前。她仔細的看了看我和藤原綾，才對下任族長問道：「叔叔，這兩位是？」

「哦，我來介紹一下！這位先生叫做陳佐維，小姐是藤原綾。他們可是我們這裡難得出現的外地客啊！聽子敬說他們倆想來見識見識軒轅劍，我就帶過來了。」下任族長笑著向女孩子介紹，接著才轉過來向我們說：「佐維、綾，這位是我們現任的侍劍，叫做靜。你們認識一下。」

我點點頭，就要上前去跟那位公孫小姐——這裡每個人都姓公孫——打招呼，結果被藤原綾踢了一下，反而是她先我一步上前去打招呼了。

「靠，妳又幹嘛啊！」

藤原綾回頭，聳聳肩說：「不知道，就是不爽。」

「妳也太容易不爽了吧！」

公孫靜小姐很不苟言笑，也不太愛說話，只是禮貌性的對我還有藤原綾微笑點頭，說了聲兩位好就沒動作了，其他都是由下任族長幫忙介紹的。他說她從九歲接任侍劍後就一直在此地看守軒轅劍的封印，要一直到下一任侍劍年滿九歲後，才可以換人。

聽到這裡，我突然覺得她也滿可憐的。我在來這裡的路上通過那個黑暗的通道，想想可能才不到半小時，我就快發瘋了，她卻要一個人關在這暗無天日的山洞裡面看著一把劍，起碼也要九年的時間，而且她現在應該跟我差不多年紀，想必已經關上好幾年了，真的滿可憐的。

然後我又被藤原綾揍了，原因是她也不知道，就是不爽。

「為啥要派個人在這裡看著這把劍啊？」我問的。我還刻意的遠離藤原綾，以免她又不爽。

下任族長聽了我的問題，就說：「呵呵……我想是因為佐維你感覺不到才會這樣問。綾應該已經知道，這把劍是個封印。加諸在劍上的封印，是為了要封印這把劍，不讓人把劍拔起來，而破壞了另外一個封印。」

「在這把劍的底下，也就是這座山裡面，封印著一個大妖魔。這個大妖魔與天地共生、日月同壽。在很久以前，妖魔對人、神、妖三界都是很大的禍害。後來聚集三界之力打造出的神劍，就是這把軒轅劍。交由當時人類的共主，也就是我們的祖先軒轅黃帝後，將妖魔封印於此。從此，我們一族就肩負起看守封印的責任了。」

我點點頭，看了看藤原綾。

藤原綾心裡面不知道在盤算什麼，一看到我在看她，就對下任族長說：「下任族長，我身體不太舒服……軒轅劍什麼的也已經見識過了，我想先出去了。」

一聽到藤原綾要離開，我也趕緊順著她的話找理由開溜，兩個人就跟著下任族長的腳步離開了山洞。

回到大宅客廳，族長奶奶還特別留我們下來吃頓晚餐。吃飽喝足——這次就不敢喝酒了，以免有害生命安全——之後，我們兩個人才跟著任先生離開了這裡，回到山腳下的小村子。

藤原綾找了個理由就把我拉了出來，離開村子。

現在已經是晚上了，這裡雖然沒有路燈，但是沒有光害的影響，也沒有太多遮蔽物，光是皎潔的月光就有照明的效果。

我們兩個人找到了離開的出口，確定好撤退的路徑，才準備要回村去。

「這一整天下來，我猜媽媽要我們拿回去的東西，應該就是那把劍沒錯了。」在路上，藤原綾把她的想法說了出來：「所以，我打算要去拿那把劍。」

我點點頭，因為我也猜是這樣。我說：「但是妳沒聽那個下任族長說的話嗎？那把劍不是用來封印什麼千古大妖魔用的？就這樣拔起來，不會有事嗎？」

「我覺得那只是言過其實。」藤原綾閉起一隻眼睛，說：「的確，我感覺得出來，那底下有封印著不弱小的妖怪，可是絕對沒有那個人說得這麼誇張。什麼世界末日的，絕對沒有。再說了，經過四、五千年的現在，人類已經不是以前那些只會拿石頭丟人的黑猩猩了！沒理由還會被什麼妖魔鬼怪給唬住。」

「嗯……我總覺得妳這番話很像在婊妳這樣的魔法師……」

藤原綾瞪了我一眼，說：「不管啦！反正我已經決定了，今天晚上就去把劍拿走，完成這見鬼的測驗！」

NO.007

這是社長命令！

「任先生、任太太，晚安！」

到了要睡覺的時候，我們兩個人都去向任先生和任太太說了晚安，藤原綾還特別去跟任小寶說晚安。不管我們來這裡的目的是什麼，他們對我們熱情款待，都讓人很難說走就走。

藤原綾在客房的床上打坐，這是我們來這裡的這幾天之內，第一次看她練功。不過其實，這好像也是我第一次看她練功就是了。

我不知道我要做些什麼，就坐在旁邊發呆。

「別發呆浪費時間，練習一下五行拳吧！你說你只掌握劈拳的大概，那就多練習一下。也許會用到。」藤原綾閉著眼睛，維持打坐的方式說著。

「用到？」我坐在旁邊的椅子上，懷疑的說：「不是吧？這裡根本沒有所謂的守衛，妳是要我用劈拳把誰劈倒？」

「你可別忘記，還有一個侍劍在那邊守護軒轅劍。」她還是閉著眼睛回答。

「唔，女生我打不下去耶……」

藤原綾終於睜開眼睛，很不爽的瞪著我。我被她嚇到，畏縮起來，問：「呃……妳真的很不爽她啊？」

「沒有。」藤原綾把眼睛閉上，冷冷的說：「我只是不爽你。」

聽到這種回答我就無奈了啊！可是也不知道該回些什麼才好，就摸摸鼻子，閉上嘴巴不說話，繼續保持我的沉默。

不過，之後我還是乖乖的在那邊蹲我的馬步，劈我的拳。

劈個兩下之後，基於那種一直想跟藤原綾修正關係，以及嘴巴太久沒動靜很痛苦的感覺，加上心裡面還有些謎題想問，我又另開新話題。

「欸欸，妳等等有沒有什麼計畫啊？」

「嗯。」藤原綾繼續閉著眼睛，說：「有。我們走進去，你去把劍拔起來，一起回家交差。」

「等一下！為什麼這麼艱鉅的任務是我去做啊？明明就是妳比較猛不是嗎？」

「我們一起。」藤原綾又把眼睛睜開，說：「我們一起走進去，你去把劍拔起來，我們一起回家交差。」

「拔劍不是一起嗎？」

「我拔不動，劍上面有封印……但你就不同了。」藤原綾聳聳肩，說：「這個測驗基本上是媽媽特別替我們挑選，針對你來設計的。對別人來說難度可能是A，但對你來講，搞不好毫無難度可言。」

「咦？」

認識她這麼久以來沒誇過我半句，現在就算不是真的在誇獎我，但難得有好聽的話從她嘴巴說出來，我還真的有點受寵若驚。

「媽媽說過你有個特殊的能力，對吧？」

「喔喔，對啊！我一直想問妳到底是啥，可是一直忘記問了。」

「媽媽把你的能力稱為『結界破壞』，就是好像不管怎樣的結界、封印，對你來說都無效的樣子。」

「『結界破壞』？」我很意外，但也很開心的說：「真的假的？聽起來就好像很酷

耶！是不是超強的啊？」

「一點也不好用好不好。」藤原綾又給了我一個白眼，說：「雖然說什麼封印和結界都對你無效是很神奇啦……可今天我們要出去打擊魔鬼的時候，通常都會先布好結界以免傷及無辜。當初就是因為你有這該死的能力才會闖進我的結界，導致演變成今天這樣的結果啊！」

「那你想想，到時候等我們成立結社要斬妖除魔，結界才剛布好你就把它破壞掉，那豈不是白費力氣，而且還可能會造成許多不可挽回的錯誤……你說，這種能力是哪裡好了？」

被藤原綾講成這樣，感覺這種能力好像除了名字很酷炫以外，似乎還真的沒啥用途，讓我不免有些許失望。只是我還是想替這能力說說話，便說：「……雖然是這樣，但假如沒有我這能力，這次的任務我猜也不會很輕鬆吧！」

「嗯，是沒錯。」藤原綾點點頭，說：「所以媽媽果然還是很愛我的！呵呵呵～那你聽好囉！我們的計畫，就是我們一起進去，你去拔劍，我們一起回去，懂了嗎？因為劍上有封印，而你可以破壞掉，所以你拔劍。還有問題嗎？」

「……暫時是沒有啦……」

其實我還有點怕怕的，畢竟劍下面還封印著大妖怪啊！到時候，想要把劍拔起來可能不是問題，但把裡面的妖怪放出來我肯定首當其衝，那才是問題啊！所以這疑慮還是讓我感覺很疙瘩。

因此我也沒有廢話在聊天上，繼續專心蹲我的馬步，劈我的拳。

時間終於拖到半夜，整個村子都安靜了下來，在這個什麼聲音都沒有的時刻，藤原綾結束了打坐，下了床，對我表示要出發了。

我們兩個人躡手躡腳的離開任家，一路往山上跑去。

夜晚的山上多了幾許寒意，也由於山林的遮蔽，這裡的照明並不充足，感覺多了一點陰森。

很快的，我們就來到了那座大宅。跟白天相同，大門毫無防備。

這裡果然是個夜不閉戶的人間仙境，而我和藤原綾這兩個人的出現，就是證明夜不閉戶絕對辦不到的最佳例子。

我們輕鬆的進入大宅，通過庭院，躡手躡腳的繞過房子本體，直往後面的山洞前去。到了山洞口，藤原綾的表情依然變得很難看，一臉難過的樣子。想到下午她也有這毛病，就學著那下任族長，依樣畫葫蘆的伸手去她背上順時針畫圓，結果差點被揍死。

「你！你想幹嘛啊！」藤原綾趕忙遠離我一大步，雙手抱著自己，警戒的看著我。

「嗚，人家看妳好像快不行了，想學白天那人的樣子幫妳咩。」

聽了我的解釋，藤原綾愣了一下，才凶狠的對我說：「你又不會魔法！人家可是貨真價實的魔法師，白天那樣可以幫我舒解壓力，你這樣揉只會讓我覺得噁心啦！」

其實我也知道，只是怕她真的不舒服，想說死馬當活馬醫的試試看而已，被罵就自認倒楣，摸摸鼻子閉上嘴不吭一聲。

藤原綾搖搖頭，扭頭走進山洞。

「……不過，既然你是好心……那就，謝謝你。」

我抓抓頭，露出微笑，加快腳步跟上藤原綾走進山洞。

「不過可別再來一次了，不然我怕我忍不住就再揍你一頓。」

「知道了啦，我也沒這麼愛去摸母老虎的背好不好！」

結果就因為這句話，我又被揍了一拳。

山洞也不比白天來的時候明亮。而且白天來的時候，山洞本身就得靠照明設備照明了，此刻把所有的燈光都關掉後，更是暗無天日。但這難不倒藤原綾，她隨手從口袋裡面拿出一個小罐子，倒出一點亮亮的粉末在手上，然後往自己和我的眼皮上一抹，一下子山洞就明亮起來了。

這麼一來，我開始好奇藤原綾的的魔法到底是哪個門派的了。最早看到她，她靠張符就可以讓雙手發光，之後她也可以用藥粉做出障眼法，再來又會五行拳，現在又多一個夜視功能。

於是，我把我的疑問向藤原綾提出。

「其實我不會五行拳。至於這些魔藥，也只是基本應用。我的專長是『陰陽道』。判斷一個地區的氣場、靈脈走向，來臨場應用各種五行元素以達到克敵制勝的目的。這也是我推薦你練習五行拳的原因之一，跟我的陰陽道比較好配合。」

藤原綾認真的回答著，並且補充說明：「白天來這一趟，我已經大概掌握了此地的氣場與靈脈走向。等等要是有衝突的話，我也應該知道怎麼解決裡面的那頭乳牛。」

「妳已經預設公孫靜小姐是我們的敵人了喔？」

藤原綾回頭瞪了我一眼，就快步的往前走了。

我實在不知道她今天在不爽什麼，可是其實我平常也不知道她在不爽什麼，所以也只好繼續跟在她身後走著。

很快，我們就抵達那個水池。水池看起來依舊平靜，水也一樣清澈見底。中間的小島上，那把劍依舊插在那邊，幾千年來都不曾改變。

藤原綾推了推我，說：「去拿。」

「蛤？真的喔？」

藤原綾點點頭，理所當然的說著：「對啊！剛才不就說了，我們一起進來，你去拔劍，我們再一起出去嗎？」

「欸不是啊！妳真的沒打算跟我一起去那裡……親眼見證一下劍的拔出嗎？欸拜託啦……下面有封印妖怪，到時候我被吃掉了測驗一樣算失敗吧？」

「我會在這邊看。」藤原綾聳聳肩，說：「而且我不會游泳，我怕淹死。」

聽到這種話我就無奈了啊！於是我無奈的看著她，再轉頭無奈的看了看小島，等我再度把頭轉回來的時候，就看到公孫靜突然出現在藤原綾身後！毫無預警，一聲不響的突然出現在那裡，差點把我嚇死。

藤原綾也立刻轉頭，瞪著那個公孫靜。

公孫靜依然沒什麼表情，穿著白天那套白色古裝，還是那麼漂亮。看到我們出現在這裡，她只是淡淡的問：「兩位這麼晚了，還不回去睡覺，跑來這裡做什麼呢？」

「哼哼，既然妳都誠心誠意的問了，那我就大發慈悲的告訴妳！」藤原綾看著公孫靜，指著那座小島說：「那把劍，我們要拿走了！陳佐維，快去拿劍！」

「咦？」

她話才剛說完，就一掌對著公孫靜打了過去。這一掌又急又快，但公孫靜不慌不忙的從容閃開，接著瞬間就來到我面前。

「想拿劍，先過我這關。」

「啥？」

我反應還沒做完，藤原綾就後發先至的也繞到我身邊，右手用中指和食指夾著一張白色的長形符紙，大喊一聲「五行令咒：水生木！」後，舉起發出亮光的靈符對著公孫靜打了過去，同時抬起左腳把我一腳踢下水去。

「還在那邊咦咦啥啥的，快去拿劍！這乳牛我來對付就好了！」

藤原綾把我踢下水後，只見她雙手都發出白色的亮光，用各種不同的「五行令咒」不停的對著公孫靜攻擊著。

我知道她的用意，所以拚命的朝著小島游去。不過，當我游到小島岸上的時候，就聽到藤原綾那邊發出一聲嬌喘，我趕緊往她的方向看過去。只見公孫靜不知道什麼時候手上多了一把古劍，而藤原綾則是倒在一邊生死未卜。

我正緊張藤原綾的時候，公孫靜突然朝我這邊衝過來。她一個跳躍，雙腳在水面上點啊點啊，就這麼蜻蜓點水的跳到我面前，面無表情的用古劍指著我。

突然發生了這麼玄的事情，我根本沒辦法反應過來，只能目瞪口呆的看著我面前這個絕世高手。

公孫靜的表情很平靜，完全不知道她現在在想些什麼，用個大夥兒可能比較熟悉的人物來比喻，就像是《神鵰俠侶》裡面，剛出場時候的小龍女一樣。

我們兩個人就這麼妳不動我不動的站在那裡僵化，妳看著我、我看著妳，時間彷彿停止了一般。

「你在幹什麼啦！死陳佐維！」

藤原綾潑婦罵街般的吼叫打斷了這一刻，我才終於回過神來。可是就算我回神過來，我也不知道我現在能幹嘛啊！比起對方這個可以蜻蜓點水飛來飛去的絕世高人，我不過就是一個只會用劈拳劈來劈去，還沒有任何實戰經驗的小嫩咖，是可以幹嘛啊！

「死陳佐維！拿劍啊！你再看下去你就死定了你！」

藤原綾再度大吼，我才轉頭看向那把插在地上的劍。那把劍此刻離我很近，就在我身邊，伸手就可以拿到的程度。可是我才剛看向那把劍，另外一把劍就架了過來。

「我說過。」公孫靜的眼神變了，變得非常的銳利而且冰冷，「想動這把劍，得先過我這關！」

她一劍朝我劈了過來，幸好我反射神經很快，緊急一個閃避，閃過了這一劍。

但是公孫靜的攻勢並沒有中止，接二連三的後續又來啊！她一劍劈完又接一劍，劍劍連環，環環相扣，綿延不絕。我的反射神經再快，也快不過這幾乎完全沒有死角的全方位攻勢！

最後我手腳、胸口、原本就受傷的肚子都紛紛掛彩，臉頰也被劈中！要不是因為那把劍已經鈍到砍不死人，我絕對會當場被劈成肉醬！但光是這樣，也夠讓人喝一壺的了。

我被劈倒在地上，只能手腳並用、連滾帶爬的趕緊閃過公孫靜如鬼神一般的窮追不捨。可是久閃必失，最後我雙腳絆在一起，跌在地上毫無防備，陷入絕體絕命的大危機！

就在這個時候，一道大水柱突然沖向公孫靜，把她連人帶劍的沖進水池中，我的危機才終於解決。

「不要發呆！快去拿劍！」

藤原綾的聲音再度傳來，我看了看她，就看到她蹲在岸邊，雙手都插在水中，看來剛才的水柱是她的魔法造成的。

有了剛才的經驗，這次我也不敢慢吞吞的，趕緊爬到那把劍旁邊，伸手要去抓那把劍。我成功的握住劍柄，然後雙手同時用力，將那把劍拔了出來。

我本來以為這千百年沒有被人拔出來過的劍會很難拔，沒想到我隨便一拔就拔起來了！我連人帶劍的往後一倒，還狼狽的多滾了一圈。

這號稱千百年沒有變過的封印，就這麼輕鬆簡單的，被我破了。

「不！」

就在這個時候，全身濕漉漉的公孫靜衝了過來，花容失色的大喊著。她著急的連自己的劍都沒拿，就衝過來要搶我手上的劍，我一個沒注意，劍就被她搶去了。可是我的手才

剛放開那把劍，公孫靜卻發出一聲慘叫，雙手冒出白煙和燒焦的氣味，她立刻放開了劍。

「快把劍撿起來，我們要走啦！」藤原綾對著我大喊。

我趕緊把劍撿起來，轉身就要走，結果公孫靜卻抓住我的腳，害我摔了一跤。可是突然又有一道水柱把她沖飛，再度替我解圍。

藤原綾先發出了「噢！Yeah！」的勝利歡呼，接著雙手各夾一張靈符，隨手一揮。一瞬間，池水就從她站著的岸邊開始結冰，在小島跟她那邊之間建起一座簡易的冰橋。

我踏著冰橋過岸後，就聽到身後傳來一道刺耳、尖銳又讓人非常難受的詭異叫聲。那聲音根本不像是世界上自然存在的現象，像是一堆人悲鳴聲音的聚集。接著，一陣劇烈的天搖地動傳來，震得我和藤原綾都東倒西歪的。

我用劍撐地讓自己站穩，然後把藤原綾拉起來，這時候回頭一看，就看到那座小島已經崩裂沉沒，水池沸騰了起來。

「別看了！」藤原綾一站起來就拉著我的手往外跑，邊跑邊說：「大妖魔要出來了！我們快閃！」

「喔……喔！」

我一手握著劍，另一手被藤原綾拉著跑。腎上腺素被逼到極限，一路從山洞裡跑到大宅外，從山上跑到山下，從村子裡跑到村子外，一直跑到離開的傳送點才停了下來，喘口氣，也是到了這時候，我才有時間回頭看著身後的情況。

因此，我這下才知道，那座山已經整個燃燒了起來。

就跟火山爆發一樣。

從天而降的大火，燒毀了村子。在火焰之中，我隱約可以看見有一大堆看不清楚的黑影在裡面奔跑，感覺它們非常的邪惡，也非常的愉悅，似乎十分享受這個獵殺無辜村民的時刻。

這一瞬間我突然發現，我剛才做出的事情有多麼的可怕。

藤原綾拉了拉我的手，說：「走了走了，我們快點離開！不然就死在這裡了啊！」

我甩開藤原綾的手，搖搖頭說：「對、對不起……」

藤原綾一臉不敢相信，不敢相信我會把她的手甩開的樣子說：「你幹嘛啊！還不快走？又怎麼了？我們快點回去交差了啊！」

我搖搖頭，說：「我、我辦不到啊！我不能因為我要通過什麼測驗，就害這裡變得這麼慘啊！算我對不起妳啦！可是……我……我……」

「你你你——別鬧了啦！快走啦！」

我又回頭看著那片火海，心裡面的小小正義感在此刻也跟著熊熊燃起。

「我要回去。」

我說完，就轉身朝著村子的方向要跑。

可是藤原綾趕緊把我拉住，跑到我面前說：「你回去能幹嘛？送死嗎？別傻了啦！快點，我們走了啦！」

對於藤原綾三番兩次的阻止我，我突然覺得她很青番！就對她說：「妳到底有沒有良心啊！人家這幾天是怎麼對我們的，妳看不出來嗎？」

我再次甩開藤原綾拉住我的手，搖搖頭說：「馬的，我跟妳不一樣！我不可能就這樣落跑啦！我知道我回去沒有用，可是我不能這樣說跑就跑啦！」

說完，我頭也不回的朝著村子的方向衝了過去，不管在我身後的藤原綾怎樣大喊大叫，我已決定我要回去。

我知道我做錯事了，更相信就算我現在把劍插回去也是於事無補。可是我知道，要是我就這樣離開這裡回去臺灣的話，那我一定會內疚一輩子。

我衝到村子的時候，看到不管是大人還是小孩，都因為這場大火而嚇得手足無措，也看見一批又一批的黑影在火焰中快速的移動著，到處在搞破壞。大人們只要是男的都拿起武器，不管是刀槍還是鋤頭，各個奮力的保衛自己的家園，女人則是幫忙疏散所有的小孩去村外安全的地方。

所有的人都在哭，所有的人都在問，都在問說到底這是怎麼回事？

「佐維！」

在這場混亂之中，我聽到有人喊我。轉頭一看，就看到拿著一根木棒的任先生朝我跑了過來。我原本以為他要來扁我，已經做好心理準備的時候，他卻是衝過來抱住我。

「太好了！」任先生激動的說：「我還以為你和綾失蹤了！想不到你平安無事，真的太好了！」

這一刻，我先是錯愕，接著馬上變成無限的感動和自責。他根本就沒有懷疑過我，反而還在擔心我的安危。可是我卻親手毀掉這些對我如此好的人們的家園，我真的深深的以為自己是個王八蛋。

「綾呢？她沒跟你在一起嗎？」任先生關心的詢問。

「她……已經先去安全的地方了。我回來想……幫助大家。」

縱使我的罪惡感已經深到想要找個地方躲起來大哭一場了，可是我還是不敢說實話，不敢承認這一切都是我害的，只能扯謊。

「好傢伙！沒虧待你這小子，果然夠義氣。」任先生笑著拍了拍我的肩膀，說：「等我們把這些不知好歹，敢趁夜偷襲咱村子的妖魔鬼怪擊退，我們再開場宴會慶祝一番！」

「……嗯。」

我點點頭，但是我已經不敢直視任先生那充滿信任的雙眼了。

我跟任先生分開後，就朝著山上的方向跑去。

不知道為什麼，那些黑影我看得越來越清晰，對於宅邸的氣場，我也可以感應到特別的變化。甚至我可以感覺到，這些黑影的源頭還沒登場，它還在山上，它還在那個山洞裡面……

而且它，可怕的讓人不敢想像。

我一路衝向山頂，迎面就有一批從山上衝下來，全身裝備精良的公孫部隊。帶頭的不是別人，正是那下任族長。他一看到我，就揮手要全隊停下腳步，然後自己走到我面前。

「佐維……你不要告訴我……你手上那把劍是軒轅劍？」

下任族長的表情充滿遺憾，那是一種不敢相信我竟然會做出這種事情的表情。

我點點頭，說：「對不起，我一定會好好解釋！可是別擋著我，我知道我錯了！請讓我有機會贖罪，我要回去那山洞！」

下任族長緊閉嘴唇，很快就做出決定。

「我希望你知道自己做的事情罪孽有多深重。」

說完，下任族長就帶隊往山下去救災，讓我通過了。

我站在原地感覺非常的難過。但是已經沒有多餘時間讓我難過了，我再度打起精神，朝著山上跑去。

那座宅邸已經變成一片火海。

永遠不關閉的大門前，還站著好幾個抱在一起哭泣的女人和小孩。我提著劍越過他們，直朝山洞前去。結果我才剛繞過房子，就看到山洞裡噴出大量的黑氣。

那好像是一個人探頭出來，正在對著外面的世界發出劇烈的吼聲一樣。

我知道，這就是黑影的源頭，我手中這把軒轅劍之前封印住的妖怪。

「馬的……我犯下的錯，就由我來彌補吧！」

我雙手舉起軒轅劍，朝著那黑影衝了過去，對著黑影用力的劈下！這一劈，成功的把黑影劈成兩截，劈得它發出淒厲的叫聲。但是也震得我雙手發麻，虎口迸血，劍也差點拿不穩。

被我劈斷的黑影一下子就又結合在一起，而且變得更實體化。此時的黑影已經變成一個黑色的人頭，五官也逐漸清晰。

我舉劍對著黑影一陣亂劈亂砍，可是除了一開始的那一下，之後的劈砍都好像沒有效果，只是不斷的消耗掉我的體力罷了。

「新軒轅劍主，你比起舊的那一任來說，簡直不值一提啊！」

我的腦海裡直接響起這句對白。

我吃驚的抬頭看向那巨大的黑色人頭，就看到它正在對著我露出不屑的笑容，接著它張開血盆大口，快速的對著我咬了下來！

我好像有種看到跑馬燈的感覺。

「四方五行元素歌，東方青龍吐珠來，南方朱雀晝火遙，中界黃麟破土宮，西方白虎震金星，五行元素聽我令，北界玄武水凝冰！五行禁咒歌．水剋火！」

就在這個時候，有個熟悉的聲音唸著像是咒語一般的歌謠。隨著這歌謠登場的，是一根巨大的冰箭！冰箭貫穿了黑色人頭，發出巨大的爆炸後，把跑馬燈的幻象炸飛，解決了我的危機。

「你以為我東西沒帶回去，測驗能算成功嗎？」

聲音是從我身後傳來的。

我又驚又喜的回頭看去，就看到藤原綾一臉不爽的走了過來。

她走到我面前就給了我一巴掌，然後說：「身為我的社員，不聽社長命令擅自行動，本來應該要直接退社處分的。但是……這一巴掌就當作是處分了。現在，把你的五行拳給我想起來，應用到劍上，劈倒那個王八蛋吧！」

我搖了搖頭，笑著說了聲「遵命！」之後，轉身對著那正在重聚的黑色巨大人頭擺出架式。

「雙榻雙鑽氣相連，起吸落呼莫等閒。易骨易筋加洗髓，腳踩手劈一氣傳！」

將五行拳之中的劈拳要領重新想起，然後對著那巨大人頭一拳為劍的劈了下去！這一下果然有效，成功的把人頭劈成一半，讓它再度發出淒慘的叫聲。

可是沒用，那人頭馬上又重組了。我再度使用劈擊，也沒用，那人頭像是完全不怕一樣，根本無動於衷。

「不要鬆懈，繼續！」

藤原綾並沒有閒在一邊看戲，而是手持符咒，再度吟唱出《五行元素歌》。這是我第一次看見她施展陰陽道的法術。

隨著藤原綾每吟唱一句《五行元素歌》，她四周的五行元素就會因她的魔力而移動，再按照五行相生的原理，不斷的變化，每變一次，威力就倍增！歌詞幾乎是一樣的，但是順序不同，這次就是從《金行元素歌》開始，最後一句則是「中界黃麟斷山嶽」，打出一記土行元素爆彈！炸得那黑色人頭東倒西歪，四周也散落滿天的沙塵。

「陳佐維！五行拳，土生金！快點！」

聽到藤原綾的大喊，我才恍然大悟為什麼她要把四周環境搞得這麼髒亂有如沙塵暴過境一般，原來是因為要配合我的五行拳只會「金行劈拳」啊！於是我立刻按照五行拳的要領，再度對著那黑色人頭劈下一劍！

結果這一劍劈下去，對方還是一點損傷都沒有。

「喂！打不死啊！」我回頭對著藤原綾大喊。

看到藤原綾的表情，就知道她已經快沒轍了，但是她還在嘴硬，對我大喊：「少、少說廢話啦！專心把它給我劈倒！這是社長命令！」

「也不是妳命令我就劈得倒啊！」

就在這個時候，在那堆不斷從山洞裡冒出來的黑影之中，飄出來一道白影。那白影優雅的飄然降落在我身邊，雙手伸過來抓著軒轅劍的劍柄。

是公孫靜。

我看著公孫靜這樣的舉動，心想她還想把劍搶走，著急的對她大喊：「靠！都這個時候了妳還想把劍先搶回去？不是吧妳？」

公孫靜沒有回答我，搖搖頭說：「專心，把全身的力量集中到劍身上，然後像這樣……」

她說著，就帶動著我與軒轅劍一起做出揮擊的動作，不過卻是空揮。我一頭霧水，不知道她這舉動的意義何在。她倒是有點吃驚的樣子，轉頭看著我問：「你……一點靈氣都沒有？」

我反問：「什麼是靈氣？」

公孫靜很難得的眉頭一皺，說了聲「走開，我來！」後，就突然推開我，想要自己使用軒轅劍。

可是只要我的手一放開軒轅劍，她的手馬上就冒出白煙和發出像是燒烤一樣滋的一聲，然後根本抓不住軒轅劍，她只好再次放開了劍。

我趕緊把劍拿起來，看著她說：「好啦妳想幹嘛直接跟我說，我照做就是了。」

「喂喂喂！你們兩個不要太過分了！」

藤原綾突然跑過來擠到我跟公孫靜中間，指著公孫靜說：「妳妳妳啊！看清楚現在什麼場合好不好？還有空在那邊跟我的……社員抬槓啊妳？我忍妳很久了喔！」

公孫靜把藤原綾推開，說了聲「妳先去幫我們擋一下妖怪」後，就又擠到我面前，然後她緊閉嘴巴，眉頭一皺，雙手把我的頭抓住，嘴就湊上來吻了下去。

……啥？

「唔唔唔唔唔唔？」

「啊啊啊啊啊！你們兩個在幹嘛啊啊啊啊啊！」

我感覺到她非常的主動，用舌頭硬是擠進我嘴巴裡面。我的初吻就這麼被奪走了。可是不要說是浪漫或者情調了，此時此刻不但情況非常危險又緊張，旁邊還有個藤原綾在對我們大吼大叫，這個吻還充滿了濃濃的血腥味。

這時候我才知道，她已經先咬破自己的舌頭了。

我被迫嚥了好幾口公孫靜用舌頭喇過來的血，我們的雙唇才終於分開。分開的時候還會牽絲，不過不是口水，而是血。

「你現在可以暫時使用我的靈氣了。」

公孫靜抹去嘴角多餘的血，但是她並沒有開口說話，聲音是直接在我腦子裡響起的。

接著，她又湊過來擠進我懷裡，雙手伸過來跟我一起握住軒轅劍的劍柄，變成一種我抱著她然後兩人一起握著劍的姿勢，並且要我專心想像把靈氣集中在劍上的情況。這次，整柄軒轅劍就像在呼應我的想像一樣，爆發出巨大的金黃色光芒。

「來，跟著我的動作——」

公孫靜看著我，聲音在我腦子裡響起，身體帶動我和軒轅劍一起擺動。在原地劃出一個漂亮的圓弧，對著那巨大的人頭再度空揮。不過這次跟上次失敗的動作不一樣，這次揮出一個漂亮的金黃色半圓形劍氣！劍氣對著那人頭急速發射出去，正面擊中人頭後發出強大的爆破。

「『軒轅劍法・殘月』。」

公孫靜的聲音再度響起，看來這應該是招式的名稱。

人頭的爆炸在一定程度之後，開始向內收縮，跟著縮進去的還有那些噴出去的火焰，以及所有的黑影。最後所有的東西都縮小到變成一片虛無，什麼都沒有留下，只剩下被火焰和黑影妖怪摧殘過的【天地之間】，還有發現妖怪已經被擊倒的那些歡呼的眾人。

打出那發「軒轅劍法」後，公孫靜就昏了過去。

由於她一直在我懷裡跟我一起握著軒轅劍，所以這一昏倒是直接躺在我懷裡。我到現在才注意到她身上還是濕漉漉的。原本寬鬆的衣物此時緊黏在她身上，將她姣好的身材表現得一覽無遺，看得我差點鼻血都要爆出來了。

藤原綾突然衝過來一腳把我踢飛，嘟著嘴、雙手扠腰站在我身邊瞪我。我正想問她又怎麼了的時候，她卻拉住我的手。

「快、快走啦！人你也救了，還……還……還賴在這邊不走幹嘛啦！快走啦！」

「呃……喔！」

於是，我趕緊把軒轅劍撿回來，跟藤原綾趁著大家都還在歡呼慶祝勝利的時候，通過傳送通道，離開了【天地之間】，回到了臺灣……

NO.008

神劍除靈事務所

從【天地之間】回到臺中小窩後，我睡了整整一天。

這一整天下來，我夢到很多事情，大多都是【天地之間】的一切。那裡自然純樸的環境、熱情的村民、美味的食物、快樂的時光，以及親手把這一切毀掉的罪惡感。

還有那個超級大正妹，公孫靜。

尤其是公孫靜的那一個吻。

嚴格說起來，那實在是糟糕透了。一點情調和氣氛都沒有就算了，還有個神經病在背景大吼大叫，以及充滿了濃濃的血腥味……

可是就跟海賊女帝波雅漢考克所說的一樣，美麗的女人做什麼都可以被原諒。公孫靜本身的美麗，就足以蓋過那些糟糕的部分，硬是把這個吻變成一個美麗的回憶。

而在這些畫面之後，就是一個很詭異的畫面。

「我等你很久了。」

對我說這話的人，是一個老頭。他穿著整齊的黃袍，白髮蒼蒼，一副仙風道骨的模

樣，看起來就像是一個得道成仙的仙人。

我看了看左右，確定他是在對我說話之後，指了指自己，問：「等我嗎？」

「是的。」老人點點頭，坐了下來。

我這時候才注意到我們是在一座涼亭裡面，泡茶聊天。

老人遞給我一杯熱茶，和藹的笑著說：「我感覺到你內心的煎熬與罪惡感，知道你對於毀掉【天地之間】的事情耿耿於懷，但是我還是要跟你說，這都是你命中注定會經歷的事情。」

我不知道要說什麼來回應，只能呆呆的點點頭。

老人又笑了笑，說：「我就是軒轅劍。或者該說是，寄宿在劍中的劍靈。奉軒轅黃帝的命令，等候你的到來。我等你把我從那【天地之間】拔起，已經等了四千六百多年了。」

「呃嗯……那個，不客氣……」

「從你拔起軒轅劍的那一刻起，你就是繼軒轅黃帝後，第二任的軒轅劍主。但是只有將我拔起還不夠，我身上的力量還被封印著，不到完全發揮的程度。所以，身為我的主人，繼承神劍的繼承者，你還必須去尋找解開我封印、還我完全力量的方法，以及學習可以完全發揮我力量的『軒轅神功』。」

「等等等等，我、我去找那些幹嘛啊？」我打斷這老人的話，說：「我可能等等就要把你拿給美惠子阿姨，跟她說我完成了她的測驗，然後你可能就會被她鎖在【組織】的藏寶庫裡面跟其他奇珍異寶放在一起了。就算我是你的新主人，我也用不到啊！」

「佐維，你的命運就是如此，你躲不掉，你逃不過。我等你等了四千多年，這可不是什麼小數字。你想要把我鎖在另外一個地方，除非你完成了你的使命。」

「我的使命？」我又問：「什麼鬼使命啊？」

問題才剛問完，我身處的世界突然跳轉到一片草原之中。大地是一片欣欣向榮，天空是清澈的淺藍，萬里無雲。清風徐徐吹來，帶著草地自然芬芳的香味。我還在納悶這是幹嘛的時候，從我身後傳來一道巨大的野獸吼叫聲。

「跟你講，不如讓你看。」老人突然出現在我身旁，指著我身後的天空說：「看吶！

就是牠！」

我回頭順著老人所指的方向看過去，就看到那裡的天空如同火焰般燒了起來。一條巨大的黑色西方飛龍從遠方迅速的飛了過來，在我頭上呼嘯而過，一瞬間就消失在遠方的地平線。牠背上兩片大黑翼一拍，就噴出無限火焰，把天空、大地，所有牠飛過之處，統統都燒成一片焦土煉獄。

我好像還獲得了「立於火中」的成就。

「走，跟上！」

老人說完，拉起我的手往黑龍飛去的方向跑去，跑沒兩步就也飛了起來。

我跟老人在半空中，看到一個穿著獸皮的野人，拿著一根很像軒轅劍的石棒，跟那條黑龍打成一片。

「看！那就是軒轅黃帝，而他手中的石棒，就是軒轅劍的力量！」老人說。

被叫做軒轅黃帝的野人用石棒跟那黑龍打得昏天暗地，打得日月無光，打得山川河嶽俱滅。最後，黃帝用石棒貫穿過黑龍的胸口！黑龍爆發出一聲巨大的吼叫後，失去了力量，倒在地上。接著從天上降下七彩祥雲，一堆在廟宇彩繪裡見過的神仙搬來一簍又一簍的土壤，把黑龍埋住，堆積之下此處就變成了一座山。最後，集眾神仙之力建造出一個巨大的結界，籠罩住整座山，然後連同整個結界一起憑空消失。

看完這一幕，我跟老人又回到一開始的涼亭裡面。茶還是熱的。

老人依舊笑容滿面，說：「這就是【天地之間】的由來。但也不完全是。軒轅劍在擊敗黑龍之後，也同時被黑龍封印住，變成現在你看到的樣子，插在你所認為的【天地之間】裡面，等候你的到來。經過了四千多年，黑龍的力量已經在逐漸的甦醒。你的使命，就是把軒轅劍復原成當年的完全狀態，回到真正的【天地之間】，把這場戰爭結束掉。」

我目瞪口呆的看著老人，一點都不敢相信他所說的是真的。

事實上，我也不認為是真的，所以很快就搖搖頭，說：「不是啦！你們八成找錯人了啦！我只是剛好有個啥『結界破壞』的能力，不小心把你拔出來的普通路人啦！怎麼可能會帶著你去單挑那隻死亡之翼啊？」

「對啦！我就覺得剛才的畫面在哪看過，一定是《魔獸世界》大災變的開頭動畫，現

在3D投影技術已經這麼強悍了喔?再說,要單挑死亡之翼,這世界比我厲害的人多的是啦!你一定認錯了啦!」

「佐維,這就是你的命運,你逃不了,避不掉,只能面對。」老人笑著說:「而且,你一定會戰勝這條黑龍。」

「屁啦——!」

我大喊著的同時,眼睛就睜開了。

什麼老人、什麼涼亭都不見了,我躺在我的床上。

這只是一場詭異的夢。可是非常清晰,非常真實,跟公孫靜那一吻一樣,忘不了。

⊕⊕⊕　⊕⊕⊕

吃午餐的時候,我把這件事情講給藤原綾聽。

藤原綾聽完我所說的之後,就搖搖頭,很凶的說:「沒聽說過你講的這些事情,你一定是想太多了。哼！」

藤原綾自從由【天地之間】回來後，對我的態度很明顯又回到一開始那種非常肚爛我的感覺。剛回來大家都很累，直接睡著就算了。起床之後，她就沒給我好臉色看過，甚至講沒兩句就在不爽，一定要唸幾句才高興。

我都不知道我哪裡做錯了。

不過，我已經不是剛認識她的時候的我了，就說：「喂……妳到底怎麼了？從【天地之間】回來之後，對我這麼凶幹嘛？我又惹到妳哪裡了？」

藤原綾似乎被我問倒了，或者是沒想到我會問她這個，一下子愣住，不知道要說啥。接著她趕緊轉移話題說：「你管我！反正你快去想結社名字啦！明天就要回去找媽媽說我們把東西拿回來，要做正式登記了啦！」

「先回答我的問題。」我再度把話題拉回來，問道：「妳到底怎麼了？又在生我什麼氣了？」

藤原綾看我堅持一定要問出答案，就嘟起嘴巴，過一陣子才說：「你……你在【天地

之間】，說我沒有良心……把我說的好像壞人一樣……我覺得不高興嘛……我才不是壞人咧！要不然我才不會回去救你……結果你竟然……沒有跟我道歉。」

「對不起。」

我馬上就認真的向藤原綾道歉，還更進一步的說：「而且，真的，謝謝妳回來救我。要不是因為妳及時出現，我可能沒辦法跟妳一起回來，坐在這邊吃飯。真的很對不起，也很感謝妳，謝謝。」

藤原綾看我這麼認真的向她道歉又道謝，就愣住了，然後趕緊別過臉，「幹、幹嘛突然這樣啦！以前你才不會這麼乖咧！到底想說什麼你快點說啦！本小姐聽就是了。」

我呼了口氣，點點頭說：「嗯，我是認真的，妳聽好了。」

藤原綾依舊保持她的姿勢，但是有把眼睛稍微移回來看著我。

「我想說，我們結社是真的要成立了。那表示，在妳沒有新的搭檔之前，妳應該也會跟我一起合作去解決委託吧？我只是想說……妳可不可以對我好一點啊？我們是搭檔耶！成天老是吵架、罵來罵去的，這樣妳不覺得難過嗎？」

「不、不喜歡我的話，你可以跟我說，我同意讓你去找別的魔法師當搭檔。」

「可是我沒有不喜歡妳啊！」我很認真的說：「我覺得妳很可愛，而且我也不認識什麼其他的魔法師，加上妳還得教會我魔法耶！就是因為我喜歡跟妳在一起，所以我才會跟妳好好溝通咩！」

藤原綾臉突然紅了起來，轉過頭來看著我，說：「你、你在說什麼啦！喜、喜歡我、在、在一起什麼的，很奇怪啦！」

「呃……啊？」

藤原綾一下子手足無措，比手畫腳了半天，支支吾吾的說不出話來。我還想了想我剛才到底是不是又說錯什麼，怎麼會害她有這種反應。

好不容易，她才又給了我一拳，把臉又別過去，嘟著嘴說：「我……我有聽到你說的話了啦！我知道了就是了啦！笨蛋……嗚，突然說這些……還敢在我面前跟別人……啊啊啊！反正、反正我會對你好一點啦！會很好很好，可以了吧？」

我抓抓頭，看著藤原綾紅著臉對我說出這一大串不知所云的話，好不容易說出最後那

句我終於聽懂的結尾，我才點點頭說：「嗯，謝啦！社長！」

「我要吃飯了啦！快去把結社名稱想好！這是社長命令啦！」

於是我們花了一個晚上的時間，研究那把軒轅劍，想出了結社名字。

⊕⊕⊕　⊕⊕⊕

隔天，我們把軒轅劍帶回藤原家給美惠子阿姨鑑定，看這是不是她要我們去拿回來的東西。

結果美惠子阿姨一看到軒轅劍，雙眼都發亮了！直說我們兩人果然不會讓她失望，直接把我們結社的測驗結果用超高分讓我們過關。

「對了……美惠子阿姨，這把劍可能沒辦法交給妳。」我抓抓頭，很不好意思的對美惠子阿姨說：「因為……除了我以外的人碰到這把劍，都會被它燙傷。藤原綾她昨天已經用遍各種魔藥試著除去這種效果，可是都沒有用……」

這一瞬間，美惠子阿姨的表情有些微的變化，可是很快就又恢復一開始親切的笑臉，對我點點頭說：「是這樣啊……不過沒關係。軒轅劍既然已經現世，那放在【組織】內部或者被【組織】旗下的結社所掌管，意義一樣。既然情況如你所說，那這把劍就當作是你們結社的代表神器吧！呵呵……對了，你們結社的名字到底要叫什麼？」

我和藤原綾對看一眼。

美惠子阿姨的這個反應早就被藤原綾預料到了。

在得知軒轅劍只認可我是主人之後，這把神劍絕對會歸在我們結社的名下。那麼，身為一個沒沒無聞的新結社，要在業界打響名號，闖出一條生存之道來，有個鎮社之寶是很重要的。

這把神劍可以說是上港有名聲、下港最出名了，把它拿來當作我們結社的名字，絕對是可以招攬不少生意上門。

「**神劍除靈事務所！**」

我和藤原綾，異口同聲的向美惠子阿姨說出這個昨天晚上早就想好的結社名稱。

從這天起，我也正式成為【神劍除靈事務所結社】的副社長，展開一段手持神劍，降妖伏魔的奇幻旅程！

只是在那之前，我還是必須先把魔法學好啊！

《魔法師與封印的神劍》完

NO.END

我才不承認！

一個穿著一身素白漢服，表情平靜的女孩，此刻正坐在【天地之間】村子外頭不遠處的一座湖泊旁，看著湖水發呆。

女孩有著用沉魚落雁、傾國傾城、國色天香等成語都很難準確形容她到底有多美的絕美臉龐，更有著傲人的好身材，是那種走在路上十個男人經過會有十一個回頭的超級大美女。

女孩有個跟現在這片平靜的湖水一樣的名字。

她叫「公孫靜」。

雖然表情上看不出來，但其實她現在的心情不是很好。

這一切都得從兩個禮拜前說起……

兩個禮拜前，有兩個從外面世界誤闖進來的觀光客，一男一女，來到【天地之間】這塊世外桃源。男的叫做陳佐維，女的叫做藤原綾。這兩個人來到這裡後，受到村民熱情的招待。可是後來卻發現，這兩人根本不是誤闖進來，而是有意圖的闖進此地。

他們的目標，就是那把封印在【天地之間】四千多年的神劍．軒轅劍。

從古至今，知道軒轅劍放在此地的人不是說沒有，跑來這裡偷劍搶劍的人也不可能少過。不過每一次不是被之前的侍劍打退，就是被軒轅劍上的封印逼退，最後都是無功而返，白跑一趟還外加被打成重傷。

結果這次，封印被破，軒轅劍被搶走，裡面的妖魔還被放出來肆虐【天地之間】。縱使妖魔已經除掉，村民也沒有受到太大的傷害，可追根究柢，這軒轅劍的的確確是在這一任侍劍公孫靜的手中搞丟的。

而且，她還沒能把那個人留下來。

【天地之間】有個秘密，是只有族長與侍劍才知道的，且代代相傳，不得洩漏出去。這個秘密就是，軒轅一族並不是為了守護軒轅劍，而是為了等候軒轅劍的繼承者前來把劍取走。至於侍劍的任務，其實是測驗這個前來取劍的人到底夠不夠資格使用軒轅劍，並非當初所說的，為了看守一個根本沒人可以破解的封印設置的。

這個秘密只有當上族長的人，以及當上侍劍的人才知道。

至於不准把秘密洩漏出去，以及要把情況說成是在守護軒轅劍的原因，則是因為要讓軒轅一族能夠盡全力的抵抗外敵。假如真正的繼承者連軒轅一族都抗衡不了，那又要如何面對那千古大妖魔呢？

所以按照祖宗遺訓，當繼承者出現後，該任侍劍就要侍候在軒轅劍繼承者身邊，同性結為異姓兄弟姐妹，異性則成夫妻，傳授繼承者「軒轅劍法」，同心協力找回失落的軒轅劍力量，以及打倒上古大妖魔。

這就是公孫靜現在心情不太好的原因。

因為她沒想到，這軒轅一族等了四千多年，竟然會等到一個像陳佐維這樣的人出現。

「小靜吶，又到這裡看風景了。」

一個年邁但慈祥的聲音從公孫靜身後傳來，引起她的注意。她回頭一看，就看到一個略成福相，年歲已高卻依舊健康硬朗的老奶奶走了過來。

這不是別人，正是天地之間族長奶奶「公孫代」。

公孫靜一看到公孫代過來，有禮貌又懂事的她趕緊站起來過去攙扶奶奶，並且向她打了招呼。

「呵呵……關在那裡面這麼久，有這個機會可以出來外面，怎麼不多去幾個熱鬧的地方，偏愛在這裡看風景？」

聽了公孫代的問題，公孫靜淺淺一笑，回道：「人家喜歡安靜點的地方。這裡風景好，又涼快，又安靜。」

雖然公孫靜現在表現的好像沒事的人一樣，但公孫代活這麼一大把年紀也不是白活，一看就知道公孫靜有心事，而且不用問也知道她是在為誰心煩，就笑著說：「靜吶，還在想繼承者的事情？」

「我不承認那種人……」公孫靜別過頭去，很明顯不想談這件事情。

「靜吶……兩個禮拜過去了，奶奶一直沒來找妳談這件事情，除了因為村子受創嚴重之外，主要還是想讓妳靜一靜再來討論。來，跟奶奶說，妳是怎麼看這位繼承者的事情的？」

祖孫倆就在湖邊的石椅上坐下，打算針對這件事情好好的聊聊。

公孫靜輕嘆了口氣，說：「我不想承認這種人會是我們一族的救世主……一點靈氣、本事都沒有，能拿到劍純粹是運氣！再來一次我絕對不會讓他拿到劍的！」

「可是他終究是拿到劍了啊！」公孫代笑著說：「也許，所謂的命中注定就是這麼回事啊！奶奶本來也以為能夠拿走那把劍，繼承軒轅黃帝的人，會是個靈氣超強、本領超大的人物，結果竟然是來了這麼一個再普通不過的人，奶奶當然也很驚訝。可這不就表示當年祖宗遺訓是對的？要是繼承者真這麼厲害，還需要妳輔佐他嗎？」

見公孫代講這麼一大串出來，不擅言詞的公孫靜也不知道該怎麼反駁，只好再轉而說其他缺點：「那……那他如果真是那個人，為何能在事情發生的時候，這麼不負責任，一句話不說的就走掉，至今都不回來？」

「這……奶奶倒不認為是他的錯。」公孫代搖搖頭，說：「奶奶也跟陳佐維那人談過幾次話，知道他這人本性應該不差。一定是被他身邊那女的給帶壞了。聽子敬說，那孩子

感覺上很怕那個叫做藤原綾的女孩，想必是那藤原綾有什麼企圖，才會逼迫那孩子不得不走。」

公孫靜輕咬下唇，知道自己是說不過奶奶的，索性不講了。不過心裡面對於陳佐維的評價，還是低到谷底，因為她實在非常固執。在沒聽到陳佐維本人的說法之前，誰來幫他說話都沒用。

沒有本事、靈氣，那都是其次，可身為一個男人卻不敢負起責任，這才真的不是好事！這種沒肩膀沒擔當的男人，說是他們軒轅一族的救世主，是她公孫靜的未來丈夫，她才不接受，也不承認這種事情。

公孫靜沒把這些話說出來，但公孫代看出來了，至於怎麼看出來的，只能說不要小看老人的智慧以及女人的直覺。

這寶貝孫女這麼不喜歡陳佐維，這可不妙！祖宗遺訓就是要侍劍跟繼承者相親相愛、齊心協力互相幫忙，才有可能擊退那千古大妖魔。現在公孫靜不要說跟陳佐維相親相愛，只怕一見面就會吵架，那該如何是好？

「靜吶……奶奶跟妳說，妳回去收拾行李，離開這裡，去外面的世界找他。」

公孫靜雖然不願意，但還是點點頭。

公孫代會這樣要求也實在是沒有辦法，畢竟祖宗遺訓是這樣交代的，沒道理交棒到她手上就不照做啊！

然而，在對公孫靜說這命令的時候，公孫代的心情其實也不太好。她只能期待這兩人見面好好談過之後，能放下成見，培養出感情還有默契來。

⊕⊕⊕　　⊕⊕⊕

祖孫倆結束對話後，一起回去村落，繼續投入重建工程，以及收拾行李。

之前提到的那個秘密，在軒轅劍被取走之後，就沒必要守著了，乾脆公開。因此，在得知公孫靜要離開【天地之間】，去外面的世界千里尋夫後，村裡的媽媽們就自告奮勇的先去一趟外面的世界，替公孫靜準備好幾套現代社會女孩子的衣裳。

跟公孫靜平輩甚至是晚輩的村民，也都來找公孫靜獻上誠摯的祝福。

「小靜姐姐，小靜姐姐！媽媽買了好多漂亮的衣服要來送給妳，我把它們都拿來了，妳看！很漂亮吧？」

捧著一大堆衣服跑到公孫靜房間的小女孩，是村裡衣家的衣小妹。

公孫靜還在收拾行李，聽到衣小妹的話就停下動作，轉身去把那些衣服接過來，同時向衣小妹說了聲謝謝。

「媽媽說這些都很貴，衣服的料子也不錯！聽說外面的女生都這樣穿呢！」

公孫靜看著那些衣服發愣，這也是衣服？這布料只能遮住胸部的東西也能算衣服？穿出去怎見人？還有這裙子怎麼這麼短？外面人都不冷嗎？還有這有點透明的三角小褲子又是怎麼回事？

一向只穿著古代漢服的公孫靜，再度露出困惑的表情。

直到她把衣服抱著前去衣家，請衣大媽現場指導，才知道那只能遮住胸部的東西叫內衣，透明小褲子叫內褲，至於穿在外面的衣服，雖然沒那麼優雅，但穿起來還挺舒服，也就沒那麼抗拒了。

人要衣裝，佛要金裝。公孫靜本來條件就好到誇張的嚇人，此刻換上漂亮衣服，更是漂亮到旁邊的衣老爹看得都雙眼發直，差點就鬧家庭革命了。

換好衣服，整好行李之後，真正的大問題才終於來了。

那就是，神劍的繼承者——陳佐維現在到底在哪裡？

村子裡的人大部分都只知道他和藤原綾是從外地來的，頂多就是幾個當初有接觸過他們的人知道他們打臺灣來。

可是，臺灣到底是什麼地方？他們真的不是很清楚啊！

當初陳佐維他們過來這裡的出入口，早在他們回去的時候就被那邊的人封閉了。所以現在要出發前往他們那所謂的「臺灣」，就沒辦法使用特殊管道，必須要正大光明的使用交通工具來移動。

於是，村子裡的人又開始忙碌了起來，動員了一批人馬，到外面的世界去探聽到底什麼是「臺灣」。

「……那座101尖塔到底是怎麼蓋起來的啊？為啥要叫101啊？」

「士林夜市的這個生煎包看起來好像不錯耶……」

「夜店是賣什麼的啊？那裡的女孩子穿成這樣到底成何體統啊？」

一本接一本的《臺灣旅遊書》、《臺灣百大景點》、《臺灣自由行必吃美食》等旅遊書，在村民的手中傳閱。看了這麼多美食、美景等琳琅滿目的介紹，大家幾乎都快忘記這些書是買來要給公孫靜看的了。

公孫代在統整了眾人匯集的資料，去蕪存菁——畢竟人家這次是去辦正事，不是去旅遊的啊——後，才將所有的資訊抄寫在筆記本上，交給公孫靜。

等到一切都準備就緒後，公孫代還請人開車載公孫靜前往機場——雖然說這【天地之間】不過問俗事，不過開車這基本技能，還是很多人會的。

「小靜吶……這些銀票妳得好好收著。」

臨行前，公孫代把一個裝滿新臺幣千元、百元鈔票的皮包，小心翼翼的塞進公孫靜手中。

眼前這苦命孫女在九歲時便入山擔任侍劍，就算公孫靜再乖巧，再逆來順受，對一個九歲的小孩來說，關在長年不見天日的山洞裡這麼久，光想像就肯定難過。

而就在她功德即將圓滿，下任侍劍即將年滿九歲要入山接替之際，想不到眾人等待數千年的繼承者會在此時出現。雖說是讓她提早出山，但這一出山，馬上就又要遠去千里之外的陌生國度，去尋找一個素昧平生的男人，去輔佐他踏上伏魔之路……

眼前這孫女是真的命苦，但自己卻又沒辦法替她做些什麼。這一點點錢雖然不多，可滿滿的都是奶奶不捨的心情。

光是看她在【天地之間】這麼落後的山村，還能找到地方把錢換成新臺幣，就知道這有多用心良苦。

公孫代緊緊的握著公孫靜的手，眼眶含淚的說：「在臺灣，當地人用的錢，都是這樣的，跟咱們這兒不一樣。外面世界複雜得多，妳一個女孩子家出門在外，行事都得特別小心謹慎。別太相信外面人的花言巧語……」

「我知道。」公孫靜點點頭。

相較於公孫代的依依不捨，公孫靜表現的就冷靜多了。

看著公孫靜平靜的表情，公孫代才知道自己多慮了。

這孫女不只是乖巧，不只是逆來順受……

她真的已經成為一個侍劍了。

公孫代點點頭，鬆開了公孫靜的手。

「小靜吶……臺灣這麼大，妳可曾想過該從何找起？」

公孫靜點點頭。

公孫靜雖然一直都沉默寡言，但她不是笨蛋。早在她窺見臺灣地圖的當下，該往哪邊去找尋這神劍傳人，心中便有了定案。就好像是侍劍與繼承者會有心電感應一般，一看見地圖就知道要去哪邊找人。

她的答案是……

「南投。」

公孫靜淺淺一笑，像是要給這非常擔心自己的奶奶安心一樣，肯定的說：「那兒是臺灣的正中央，往東南西北都很方便。」

……總而言之，看來她們的心電感應，似乎還有待加強的空間……

《現代魔法師01》全文完

敬請期待更精采的《現代魔法師02魔法師與祖靈的怒吼》

不思議特報《現代魔法師》套書好禮相送!!

你知道錯了就好，趕快跪下來向本小姐道個歉，我就當作不在乎你剛才那樣對我大呼小叫了。

吐槽系作者 **佐維**＋知名插畫家 **Riv**

正港A臺灣民間魔法師故事

《現代魔法師》驚爆登場！

活動辦法

凡在安利美特animate購買
《現代魔法師》全套八集，
在2014年6月10日前（以郵戳為憑）
寄回【全套八集】的書後回函，
以及附上安利美特購書發票影本、
或是於回函上加蓋安利美特店章，
就能獲得知名插畫家Riv繪製的
「現代魔法師超萌毛巾」一條，
準備與泳裝萌妹子一起清涼一夏吧！

備註：
1.可以等收集完八集的回函與發票或店章後，再於2014年6月10日前寄回。
2.主辦單位有權更改活動規則。

飛小說系列068

現代魔法師01

魔法師與封印的神劍

出版者■典藏閣
作　者■佐維　繪　者■Riv
總編輯■歐綾纖
製作團隊■不思議工作室

郵撥帳號■50017206 采舍國際有限公司（郵撥購買，請另付一成郵資）
台灣出版中心■新北市中和區中山路2段366巷10號10樓
電　話■(02) 2248-7896　傳　真■(02) 2248-7758
物流中心■新北市中和區中山路2段366巷10號3樓
電　話■(02) 8245-8786　傳　真■(02) 8245-8718
ISBN■978-986-271-376-1
出版日期■2013年10月

全球華文國際市場總代理／采舍國際
地　址■新北市中和區中山路2段366巷10號3樓
電　話■(02) 8245-8786　傳　真■(02) 8245-8718

新絲路網路書店
地　址■新北市中和區中山路2段366巷10號10樓
網　址■www.silkbook.com
電　話■(02) 8245-9896
傳　真■(02) 8245-8819

線上總代理：全球華文聯合出版平台
主題討論區：http://www.silkbook.com/bookclub　◎新絲路讀書會
紙本書平台：http://www.silkbook.com　◎新絲路網路書店
瀏覽電子書：http://www.book4u.com.tw　◎華文電子書中心
電子書下載：http://www.book4u.com.tw　◎電子書中心（Acrobat Reader）

典藏閣不思議工作室2013安利美特animate限定版

只要符合以下條件，就有機會獲得【現代魔法師超萌毛巾】1條——

準備與泳裝萌妹子一起清涼一夏吧！

1. 即日起至2014年6月10日止，在**安利美特**購買**《現代魔法師》全套八集**。
2. 在書後回函信封處蓋上安利美特店章，或是影印安利美特購書發票。
3. 將全套8集的書後回函（加蓋店章）寄回；若採影印發票者，請一併寄回發票影本。

PS. 可以等購買完「全8集」後，再於2014年6月10日前，全部一次寄出。

您在什麼地方購買本書？

□便利商店＿＿＿＿＿□安利美特　□其他網路書店＿＿＿＿＿

□書店＿＿＿＿＿市／縣＿＿＿＿＿書店

姓名：＿＿＿＿＿地址：＿＿＿＿＿＿＿＿＿＿＿＿＿＿＿＿

聯絡電話：＿＿＿＿＿電子郵箱：＿＿＿＿＿＿＿＿＿＿＿＿＿

您的性別：□男　□女　您的生日：＿＿＿＿＿年＿＿＿＿＿月＿＿＿＿＿日

（請務必填妥基本資料，以利贈品寄送）

您的職業：□上班族　□學生　□服務業　□軍警公教　□資訊業　□娛樂相關產業

□自由業　□其他＿＿＿＿＿

您的學歷：□高中（含高中以下）　□專科、大學　□研究所以上

購買前

您從何處得知本書：□逛書店　□網路廣告（網站：＿＿＿＿＿）　□親友介紹

（可複選）　□出版書訊　□銷售人員推薦　□其他

本書吸引您的原因：□書名很好　□封面精美　□書腰文字　□封底文字　□欣賞作家

（可複選）　□喜歡畫家　□價格合理　□題材有趣　□廣告印象深刻

□其他＿＿＿＿＿

購買後

您滿意的部份：□書名　□封面　□故事內容　□版面編排　□價格　□贈品

（可複選）　□其他

不滿意的部份：□書名　□封面　□故事內容　□版面編排　□價格　□贈品

（可複選）　□其他

您對本書以及典藏閣的建議＿＿＿＿＿＿＿＿＿＿＿＿＿＿＿＿

＿＿＿＿＿＿＿＿＿＿＿＿＿＿＿＿＿＿＿＿＿＿＿＿＿＿＿

＿＿＿＿＿＿＿＿＿＿＿＿＿＿＿＿＿＿＿＿＿＿＿＿＿＿＿

未來您是否願意收到相關書訊？□是　□否

感謝您寶貴的意見

印刷品

$3.5
請貼
3.5元
郵票
不思議信箱
FUSIGI POST

235 新北市中和區中山路二段366巷10號10樓
華文網出版集團　收
（典藏閣－不思議工作室）

魔法師與封印的神劍

現代魔法師 01